D+

dear+ novel

kanpeki na koi no hanashi ・・・・・・

完璧な恋の話

渡海奈穂

新書館ディアプラス文庫

完璧な恋の話

contents

illustration : 梨とりこ

完璧な恋の話

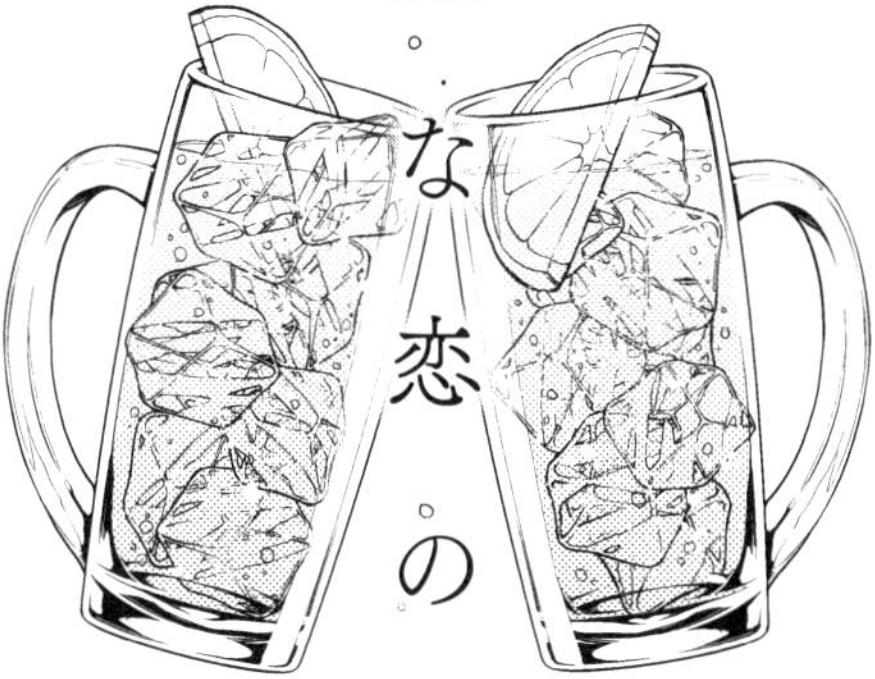

kanpekina
koi no
hanashi

1

「森吉《もりよし》さん、本当に、ありがとうございました。すごく参考になりました」

店を出たところで後輩から深々と頭を下げられて、森吉は微笑むと相手の腕を軽く叩いた。

「ならよかった。またいつでも、相談に乗るからな」

「はい、ぜひ、よろしくお願いします」

顔を上げて森吉を見る後輩の目は、信頼と尊敬が溢れ出して零《こぼ》れ落ちそうなくらいだった。

「噂には聞いてたけど、本当にすごいなあ森吉さんは……頼りになるから絶対森吉さんに相談しろって、うちの先輩に言われたんです。森吉さんなら現実的に状況分析して、今の俺に必要なことを教えてくれるからって」

純粋な、きらきらした目で自分を見上げる後輩の様子に、森吉は温和な笑みを浮かべつつ、その実、どうにも落ち着かない心地だった。

(また一人、純真な若者をペテンにかけてしまった)

若者と言っても、森吉もまだ入社五年目の二十代だが。

「俺が言えるのは、ありきたりな一般論だよ」

「とんでもない。何を聞いても、すぐに的確な答えを返してくれるし。何だか頭の中に光が差したようにスッキリしました」

「……そうか。ここから先は、君がどう考えてどう動くか、自分のために頑張れ」

「はい、ありがとうございます！」

深々と頭を下げて、後輩社員は自分の部署へと戻っていく。

彼は今、商品開発部に身を置いているが、実際にやりたいことは広報だということに、自分で気づいていなかった。そのせいで、開発の仲間からは必要な仕事をしない、広報担当者からは余計な口ばかり挟む男だと思われて、チーム内の立ち回りがうまくいかず、フラストレーションが溜まっていた。だから森吉は、その違いを意識させ、今彼がやるべきこと、いずれ希望の部署へ移るために必要なことのアドバイスをした。

(それだけ、なんだけどなあ)

担当部署のフロアに戻る途中の廊下で、スーツのポケットに入れておいた森吉のスマートフォンが鳴る。他部署の同期からメッセージが届いていた。

『この間話した、衛生管理免許のこと聞きたいっていう大学の後輩、来週辺り会ってもらえるかな』

森吉も持っている国家資格について、話を聞きたいと頼まれていた。スケジュールを確認してから、了解の返信をする。

「森吉、ちょっといいか？」

人事部の自席に戻ったところで、今度は上司に手招きされた。オフィスの隅に呼ばれて、こっそりと紙袋を手渡される。

「これ、うちの娘の誕生日プレゼントを選んでくれたお礼。いや、助かったよ、えらく喜んでくれてね。さすが森吉君みたいなイケメンっていうのは、若い女の子の好きなものがわかってるなあ」

年配の上司は、にこにこと嬉しげに相好《そうごう》を崩している。

「いえ、うちの妹がお嬢さんと同じ大学生ですから。流行《はや》ってるっていうブランドを知ってただけですよ」

「そうかそうか、じゃあ妹さんと食べてくれ、何とかって有名な店のラスクらしいから」

押しつけられる紙袋を、森吉は恐縮しつつ受け取った。少々気難しい上司で、こんなににこやかなのは珍しい。

ようやく自分のデスクにつくと、隣の席の先輩社員がこっそり耳打ちしてきた。

「どうしたんだ、課長、ごきげんで」

「娘さんのことで、少し相談に乗ったのがうまくいったみたいで」

「うわ、さすがメンター森吉。あの課長まであんなニヤケ顔にさせられるんだなあ」

「いや、上司に対してメンターってことはないでしょう」

森吉は苦笑した。自分が周りからそう綽名《あだな》されていることは知っている。社内で後輩に対してメンタリングする制度はあるが、森吉がメンターと呼ばれるのはそういった意味だけではなく、誰彼構わずメンターシップを発揮する姿勢を指している──らしい。

（いつ化《ば》けの皮が剝《は》がれるのかなあ、俺）

などと子供の頃から思い続けて二十年近くが経っているが、今日も特に尻尾《しっぽ》を摑まれることなく仕事を終えた。

帰宅すれば大学時代の友人からバーベキューのお誘いがあり、スケジュール調整に頭を痛める羽目になる。

「来週の日曜か、昼まで社外の研修があって……新横浜だから、多摩《たま》ならいったん川崎に出て……途中で肉を仕入れて」

「えっ、お兄ちゃん、来週の日曜は買い物連れてってくれるって言ったよね」

居間のソファでスマホを握ってぶつぶつ呟いていたら、通りすがりに大学生の妹に聞き咎《とが》められた。

「ああ、そうか。そうだったな、大丈夫、覚えてるよ」

六歳下の妹に向けて、森吉は慌てて微笑んだ。

「唯依菜《ゆいな》、慧《けい》兄ちゃん仕事で忙しいんだろ、あんまり我儘《わがまま》言って困らせるなよな」

妹と二卵性双生児の弟が、会話に割り込んできた。弟に睨まれて、妹は不満そうに唇を尖らせている。

「だって、久しぶりに慧ちゃんとデートできると思って、楽しみにしてたのに」

「デートなら、兄ちゃんじゃなくて自分の彼氏とすればいいだろ」

「その彼氏とデートする服を買いに行きたいんだもん」

「いいよ、約束だから、ちゃんとつき合うよ」

双子の気安さからか、大学生になっても喧嘩の絶えない二人だ。また言い争いになる前にと、森吉は宥《なだ》めるように言う。だが今度は、弟の方が拗《す》ねた顔になってしまった。

「唯依菜ばっかずるいだろ、俺だって慧兄ちゃんに新しいパソコン選んでほしかったのに」

「わかったわかった、航平《こうへい》も一緒に行こう。唯依菜が行きたいって言ってた店、近くに大きい電気屋があっただろ」

双子をどうにか納得させ、二人がそれぞれ自室に戻っていくと、森吉は再びスマホのカレンダーに目を落として眉間に皺《しわ》を寄せた。

「研修が昼まで、唯依菜と航平には先に店に行っててもらって、多少遅れつつ肉は他の人に用意してもらって……いや、いつもの店でクーポン使って俺が買わないと、割高になるな……」

「……うっわ、またあっちこっちいい顔する算段かよ」

再び、兄弟の声がする。

顔を上げると、双子たちより下、高校生の弟と目が合った。どうやら一連のやり取りを聞かれていたらしい。

末弟《まってい》が森吉に向ける眼差しは、実に冷ややかだ。

「身内にまでええかっこしいとか、アホらしい」

「身内だからってなおざりにするわけにいかないだろう。庸介《ようすけ》も一緒に来るか？」

「行かねーっつの、高校生にもなって兄弟と買い物とか、恥ずかしい」

庸介の態度は徹頭徹尾《てっとうてつび》冷淡だ。

「都合が悪けりゃ、素直に友達に謝って、断るなり、調整してもらうなりすればいいだろ」

森吉家では両親が共働きの上に二人共が激務で、弟妹たちの面倒を見るのは子供の頃から森吉の役割になっている。

だからすぐ下の双子は森吉を父親代わり、何なら母親代わりとも思って懐《なつ》き、両親も頼れる長男に感謝しているのに、末っ子の庸介だけは常に辛辣《しんらつ》だ。

いつも穏やかで誰にでも親切で、優しく、賢く、頼りがいがあり、ついでに見栄えもよくて、およそ非の打ち所のない男。周囲の兄に対するそんな評価が、すべて本人の虚栄心から来る虚像でしかないと見抜いているのだ。

家族の中のみならず、友人知人、会社の同僚や後輩や上司の中で、たった一人、庸介だけが森吉の正体を知っている。

（つまりは俺が、『あっちこっちいい顔』ばっかりしたがる、見栄っ張りだと）

たとえば今日の後輩社員から受けた相談。

森吉は労務関連の仕事を請け負っていて、所属は人事部だ。人事考課には関わっていないとはいえ、社員のプロフィールはある程度把握できる。相談相手の出身大学や専攻科目、学生時代に打ち込んでいた部活動などは事前にわかっていたし、「入社二年目で今の担当部署なら、こういった不満を持つに違いない」とすぐに予測がついた。

だから、それなりに的確なアドバイスができるのは当然なのだ。

当たり前のことをやっていても、過剰に感謝され、尊敬される。どうも据《す》わりは悪いが、相手からの期待を裏切ることもできない性格で、気づけばあちこちから頼りにされ、相談ばかり受けるようになってしまった。

そういう兄の態度や振る舞いが、庸介にはどうも気に喰わないらしい。

「おまえ、このまんまじゃ近いうちに自分の首絞めることになるぞ」

不吉なことを言い放つと、庸介は風呂場の方に行ってしまった。

たしかに人からの誘いや頼みを受け入れて予定が詰まる時も多いが、ちょっと大袈裟《おおげさ》すぎやしないかと、森吉は弟の毒舌に苦笑する。

(今回だって、時間を調整して移動を急げば、間に合わないこともないし)

スマホで電車の時刻表と睨み合い、当日の移動手段を吟味《ぎんみ》して、ぎりぎりうまくいけそうなルートをいくつかピックアップする。

まったく間に合いそうもなければ人に頼りもするが、努力次第でどうにかなりそうなら、そうしたいと思ってしまうのは、庸介の言うとおり『ええかっこしい』だからなのだろう。

(まあ自分の兄が、身の丈に合わないような善人のふりとか、有能なふりしてるのが透けて見えれば、呆れもするよなあ)

わかっているが、性分なので仕方がない。二十八年間こうして生きてきたのだ。今さら直せるとも思えなかった。

◇◇◇

たまたま仕事が重なり、森吉がまとめるはずだった書類まで、すぐには手が回らなくなってしまった。

「ドラフトだけでもいただけませんか?」

「悪い、夕方まで待ってくれないか」

催促されてそう断ると、森吉の背後を通りがかった誰かが、ふと足を止めた。

「集計だったら、手が空いているのでやっておきましょうか?」

振り返って見上げると、同じ人事部の後輩、組木《くみき》が立っている。

組木はずいぶん背が高く、オフィスチェアに座ったままの森吉は、目一杯首を反《そ》らさなければ相手の顔が見えないほどだった。

「そうか、助かる。頼んでもいいか？」

「はい、勿論《もちろん》」

にこりと、組木が笑って頷く。

その笑顔があまりに爽《さわ》やかかつ明るいものだったので、森吉に書類をせっついていた女子社員はうっとりと溜息を漏らしたし、森吉ですらうっかり見蕩《みと》れてしまった。

組木はすぐに自分の席に戻って、早速ノートパソコンを開いている。その一連の様子を、女子社員も森吉も、ついつい目で追う。

たかが歩いて、椅子を引いて腰掛け、ノートパソコンの天板《てんばん》を持ち上げるだけの仕種なのに、何もかもがすべて洗練されて絵になるというのが、組木という男だ。

今年の春から中途採用された、森吉より二歳下の二十六歳。極めて容姿がよく、よすぎるあまりに「顔で採用されたのでは」という疑いが真っ先に、誰の胸にも湧いたが、見た目以上に仕事の手際がよかった。中途で採用されるほどだから専門的な知識が豊富で、以前いた会社で培《つちか》ったというノウハウも取り入れ、組木のおかげで部のシステムごと改善された。

森吉とは担当する部門が違うが、オフィスは人事部でまとまっており、互いの仕事もそれなりに把握しているため、専門的な仕事でなければ気軽に手を貸してくれる。

森吉が自分の作業をしている間に、組木が頼んだ書類をもう仕上げて、持ってきてくれた。

「森吉さん、確認お願いします」

声をかけられて、森吉は「早いな」と驚きながら書類を受け取る。

「複数挙がってる要望と、重要そうな意見は、別紙にピックアップしておきました」

手際がいいにもほどがある。定期的に取られる社内環境のアンケート集計と分析。回答は選択式なので集計は簡単だが、最後の自由記入欄の意見も見やすくまとめられているだけではなく、すぐに対応できそうな問題と、長期スパンで見るべき改善案が、ごく簡易的ながらメモとして添えてあった。

「すみません、差し出がましいかもと思ったんですけど、一応私見《しけん》を。必要なければ集計のところだけ使ってください」

「いや、助かる。このままこっちでチェックして少し書き入れるから、反映させてドラフトとして部長に出してもらっていいか？」

グラフ化だけでもしてくれれば御《おん》の字だったのが、改善案の下地まで作られている。ざっと見た感じ、森吉がひとつふたつ案を書き込めば、草案としては充分すぎるものになりそうだ。

「了解です。チェックできたら、いつでも声をかけてください」

にこりと、また組木が笑う。そのまま組木が再び自席に戻ると、森吉の隣席の先輩が、椅子を近づけて耳打ちしてきた。

「あいつ、本当いい拾いものだよな」

まったくだ、と森吉は深く頷いた。突飛《とっぴ》なほど顔がいいせいで生まれた疑惑も、入社二日目には跡形もなく払拭《ふっしょく》されていたほどだ。

（ああいうのを、本物っていうんだ）

頼りになる、本物のできる男。気の利く人格者。自分みたいに張りぼてのつぎはぎではなく、たしかな自信と実力に裏打ちされた真のエース。人事部の全員が、すでに十年のキャリアがある社員と同程度に組木を信頼している。勿論森吉もだ。

「森吉の再来って言われてるぜ、有能な後輩が二人もいて頼もしいよ、まったく」

内心でひたすら組木を称賛していた森吉は、笑いながら言う先輩に、慌てた。

「いやいや、俺なんて、組木と比べたら全然ですよ」

今だって、自分のスケジューリングの甘さが原因で終わらなかった仕事を、組木が肩代わりしてさらっと片付けてくれたのだ。

「うん？　何言ってんだ、おまえ？」

だから本心から言った森吉に、先輩は不思議そうな顔をする。

「おまえレベルじゃ、謙虚なのは却《かえ》って嫌味だぞ。『ありがとうございます』って笑ってりゃいいんだ」

それだけ言うと、森吉の肩を叩いて先輩が自分の机に戻っていく。

森吉はそのまま突っ伏したい気分になった。

（笑って『ありがとうございます』ってやってたせいで、ますます実力以上に取られたんだ

よ）

謙遜《けんそん》するのが嫌味、とは学生時代にも何度か言われたので、そういうものかと無理に堂々とした態度を取っていたら、鵜呑《うの》みにされてしまった。

組木のような『本物』を前にそれも気恥ずかしいので、少なくとも彼と並び称されるほどでもないと言いたかったのだが、伝わらない。

そう、組木が同じ人事部に配属されてから、森吉は諸手《もろて》を挙げて降参《こうさん》の気分だった。

（何というかもう、純粋に格好いいっていうか）

庸介の言葉を借りれば森吉は「かっこつけ」だが、組木は「格好いい」なのだ。森吉のように必死に取り繕《つくろ》わなくても、そのままで格好いい。

（組木はきっと、ハッタリだけで入社試験の面接を乗り切ったり、たまたまヤマがあたりまくって実力以上の大学に入れたり、教授に気に入られてレポートおまけしてもらって進級できたりっていう、俺みたいなセコい人生とは無縁なんだろうな）

組木に作ってもらった書類に目を通し、その的確さに舌を巻きつつ必要なコメントをペンで書き足して、再び組木に戻す。組木はまた快《こころよ》く森吉のコメントをデータに反映して、プリントアウトして、必要な部署に届けるところまでこなしてくれた。

おかげで森吉は別の仕事を滞《とどこお》りなくすませることができ、胸の中で組木を拝《おが》むばかりだった。

そして無事残業もなく一日の業務を終えて席を立った時、女性社員に声をかけられる。

「森吉さん、ちょっとこの書類見てもらっていいですか？」

「保険？　だったら、俺より組木君の方が詳しいんじゃないか」

森吉にも知識はあったが、こと労災に関しては組木が専門になる。そのために中途採用されたのだ。

「あ、でも……」

まだ席に残っている組木の方を憚《はばか》るように、女性社員が声をひそめた。

「ちょっと組木さんとは、気まずくて」

「気まずい？」

森吉も小声で問い返したら、今度は腕を引かれ、パーティションの陰まで連れていかれた。こそこそと耳打ちされる。

「私が一方的に気まずくなってるだけかもしれませんけど……実は他の部の子と一緒に、組木さんに何度か声をかけたんですよ。その、仕事に関係ないところで、食事とか、飲みとか」

仕事のできる男前を、若い女子社員が狙わないわけがない。同じ部署なら気安さもあっただろう。

「でも毎回、にこやかに、さらっと、でもがつっと、断られちゃって……」

「たまたま都合が悪かったんじゃないのか？」

就業規則を自《みずか》ら守るため、基本的に残業も、土日出勤もない部署だ。根気よく待てば、いずれ時間が空くだろう。

「私たちもそう思ったから、都合が悪いって言われても、懲《こ》りずに誘い続けてたんです。でも、うまく言えないけど、ものすごくガード堅い感じで。ひょっとしたら迷惑だったのかなって、三回目くらいでやっと気づいたんですよ。思い返したら、笑ってたけど、目が冷ややかだったかなー、とか」

「ええ?」

ガードが堅く、冷ややかな組木――というものを、森吉はちっとも想像できなかった。

会社だけのつき合いで、それも三ヵ月にも満たないが、組木は常ににこやかな男だ。いつ声をかけても、何を頼んでも、二つ返事で引き受けてくれる。組木の方から森吉に質問してくることもある。

「気のせいじゃないか、組木君、誰にでも分け隔《へだ》てなく親切で、優しいタイプだし」

「でも、何だか壁を感じるんですよ。また今度ぜひ、って言われても、その『今度』は絶対来ないんだろうなっていうような」

「そんなことないと思うけど、たとえそうだとしたって、仕事のことはちゃんと応えてくれるだろ」

「森吉さん、組木さん来る前は保険担当だったじゃないですか。教えてください」

頼み込まれて嫌とは言えず、森吉は仕方なく彼女の手にする書類を受け取った。

「お疲れさまです、森吉さん、松本《まつもと》さん」

そうしている間に、当の組木がオフィスを出ようとして声をかけてきた。

「おう、お疲れさま」

「おっ、お疲れさまです……！」

森吉や女性社員に向ける組木の微笑みは、いつもとまったく変わらず、優しげだし、何となくキラキラしている。たった今「壁を感じる」などと言っていた女性社員だって、目許《めもと》を微かに赤らめて、ぽうっと見蕩《みと》れたくらいだ。

「ほら、全然冷たくないだろ？」

「そうなんですけど……」

腑《ふ》に落ちない様子の相手に、森吉の方も、訝《いぶか》しい気分になった。

(言われてみれば、単ににこにこして愛想がいいだけじゃない——のか？)

無茶な仕事を振られれば、微笑みながら断る。ただ、断りつつも「それは誰それさんの方が詳しいです」「誰それさんなら手が空いていると思いますので」と代替案を出すことが多いので、親身な印象には変わりがない。

(そういえば、組木の方から誰かに頼みごとをするってことは、あんまりないかもしれないな)

森吉が時々組木から質問を受けるのは、以前は組木の仕事を森吉がしていたからだろうか。

上司の判断を仰《あお》ぐ、必要な申し送りをする、という場面以外で、先輩社員に組木から声をかける姿を見た覚えがないことに、森吉は初めて気づいた。

それに、個人的な食事だの飲みだのに誘われて頷くことが、一度たりともなかった。女子社員の言うとおり、笑顔で、しかしやんわりきっぱりと、断っている。

微笑を浮かべつつ「今日はこれから用事があるので、よかったらまた誘ってください」などと言うが、『申し訳ない』と思っている感じが、そういえばない。なるほど、そこで『壁を感じる』んだろうかと森吉は密《ひそ》かに分析する。

断るばかりではなく「今晩はちょうど勉強会に行くんですが、よかったら一緒に行きますか？」と受ける時もあるが、そういう場合は複数人で、しかも仕事に関わる集まりに誘導している。

（素で真面目なのか……それとも本当に、壁がある……のか？）

組木が、自分に近づいてくる相手を牽制《けんせい》しているのか、それともよかれと思ってスキル向上の手伝いをしようと思っているのか、つき合いの短い森吉には判断が難しい。

どちらにせよスマートなことには変わりない、と感嘆するばかりだ。

（俺も見習おう。誘われて飲んで相談乗って、ってやるばっかりで、最近、勉強もできてないしなあ）

法律の移り変わりは激しい。部署内でまた担当が変わるかもわからない。いつどんな仕事を割り振られても対応できるように、常に知識をアップデートしておかねばならないと思うのに、ここのところさぼっていた気がする。

組木のようにはなれなくても、せめて、そこを目指そう。

殊勝《しゅしょう》な気分になってきて、森吉は一人でそう誓った。

◇◇◇

個人的な飲み食いの誘いを断る組木も、部署内の親睦会は断らない方針らしい。

組木自身の歓迎会以来、三ヵ月ぶりになる居酒屋貸し切りの飲み会には、人事部の全員が出席した。

人事考課と労務で何となく席が分かれ、森吉の隣には組木がいた。反対隣には男性の先輩社員だ。女性社員や下っ端《したっぱ》のお酌や取り分けは禁じられ、自分のものは自分で確保するよう決められているため、妙なプレッシャーもなければ鞘当《さやあ》てもない、極めて穏やかな飲み会だった。

組木は時々他愛《たわい》ない会話を森吉や周囲の社員たちと交わして、ほとんどは人の話を微笑みながら聞きつつ、静かに酒を飲んでいる。

(本当に組木は、振る舞いが落ち着いてるなあ)

隣で眺めて、森吉は感心するばかりだ。酒の飲み方も、箸《はし》の使い方も丁寧で、アルコールが入ったせいで少し大声になる周囲の人間からの呼びかけにも、いつもと変わらぬ調子で応じている。

親睦会は、退社して独立する社員のための送別会も兼ねていた。

「森吉さんは、独立なさったりする予定はないんですか？」

その流れで組木から不意に訊かれ、森吉は首を傾げる。

「今のところはないな。きちんと学べてるか確認するために社労士《しゃろうし》の資格は取っておいた方がいいかな、くらいは考えるけど。元々労務希望なわけじゃないから、別の部署に異動になっても構わないし」

「そうなんですね。知識量がすごいから、そのつもりなのかと思ってました」

組木が少し驚いたように言う。それは、何か問題が起きるごとに「知らない」「わからない」と言うことができず、陰でこそこそと必死になって情報を詰め込むようにしていたせいだ――などと、取り分け組木の前では口にできない。

（本当に、何て見栄っ張りなんだ、俺は）

「森吉さんだったら、顧客もどんどん手に入るでしょうし」

「いや、どうかなあ。社労士も今は飽和《ほうわ》状態で厳しいって言うだろ」

「勤務実績があって、森吉さんくらいマーケティングスキルがあるなら、確実に生き残れると思います」

組木があまりに手放しに自分を褒《ほ》めるので、森吉は少し面喰《めんく》らった。先輩をおだてているという雰囲気でもなく、あくまで真摯《しんし》な口振りなので、余計にだ。

「マーケティングスキルを発揮するようなところなんてあったっけか……」

「森吉さんがこれまで行った企画立案と成果の資料を拝見しました。社員の些細《ささい》な声を拾い上げて改善すべきポイントを見極める力も、その対応策のアイディアも、目を開かれる思いのものばかりです」

組木の眼差しは、きらきらした尊敬の光で溢れている。森吉はぐっと喉が締まって、酒の味がわからなくなりそうだった。

組木よおまえもか、やめてくれ、俺はそんな上等なものじゃないんだ……と声に出したくなる衝動を、どうにか堪《こら》える。

「買い被《かぶ》りすぎだよ、たまたまの思いつきが、いくつか採用されただけで。実際には全体のミーティングで方向性が決まるんだし、他の人たちの経験に助けてもらってばかりだから」

笑って「ありがとう」と鷹揚《おうよう》に応えるには、森吉の罪悪感が刺激されすぎていた。

何しろ組木の言葉なんて、そっくりそのまま本人に返してやりたいほどだったのだ。森吉が担当していた頃は昔からの慣習に従って煩雑《はんざつ》かつ不要な手続きが組み込まれていたのを、組木が引き継いだ後にあっさり、さっくりと、廃止された。なぜ自分の時にはそこに気づかなかったのかと、恥じ入る気分でいたのだ。

組木の前に出ると、森吉の腰が微妙に引けてしまうのは、そのせいもあるだろう。

「他の方たちも、森吉さんを頼れって、口を揃えていますよ」

しかし組木は謙遜としか取ってくれる気はないようで、森吉の居心地はますます悪い。

「そうは言っても、組木もすっかり仕事には慣れたし、わざわざ俺を頼るようなこともないだろう?」

「いや……」

話題を切り上げるつもりでそう口にした森吉は、組木が答えを言い淀《よど》む様子に気づいて、首を捻《ひね》った。

「何かあるのか?」

口籠《くちご》もる組木の姿が、森吉には何だか新鮮だ。短い付き合いだが、組木は常に沈着《ちんちゃく》な態度で、慌てる様子も困った様子も見た覚えがない。

「もし俺でよかったら、相談に乗るぞ?」

それで、森吉は調子に乗った。組木にも困惑するようなことがあるんだなあ、と珍しく少し下がった眉尻を見ていたら、先輩風を吹かせたくなってしまったのだ。

「そうですね。なら、ぜひ」

だが組木はすぐにいつもどおりの落ち着いた微笑を浮かべてしまった。あきらかな社交辞令。お呼びでない、と言外に邪険にされた気がして、森吉は恥じ入る気持ちになった。こうしてすぐ調子に乗るのも悪い癖なのだ。

（俺が組木にアドバイスできることなんて、何もないだろうよ）

羞恥心《しゅうちしん》をやり過ごすためにトイレに立ち、戻ってきた時には席が入れ替わっていて、組木は別の社員たちに囲まれていた。

森吉は変にほっとした気分で、飲み会に戻った。

2

終業時間を迎えて席を立った時、組木《くみき》に声をかけられたのは、部署の飲み会の翌日だった。

「森吉《もりよし》さん、今日これから、用事ありますか？」

「いや、まっすぐ帰るだけだよ」

急な残業でも入って、手助けが必要なのだろうか。そう思って森吉は組木に答える。

「よかった。じゃあ、少し時間いただけませんか。食事でもしながら」

「え？」

だが組木が続けたのは予想外の言葉で、森吉は面喰らう。

(って、もしかして、昨日のこと本気だったのか？)

相談があるなら聞いてやる、と言った時に「ぜひ」などと答えたのは、社交辞令ではなかったのだろうか。

「あ、じゃあ、落ち着いて話せそうなところに行くか」

断る理由はなかったので、内心戸惑いつつも、森吉は組木と連れ立って、会社から数駅離れた場所にある店へと移動した。

「ひとまず、食べようか」

「そうですね、腹も減ったので」

熱帯魚の泳ぐ水槽が衝立《ついたて》代わりになっている、半個室の居酒屋。かすかな音楽が流れ、適度なざわめきがあり、隣席とも水槽の厚みの分隔《へだ》たりがあるから何となく落ち着く。座席は四人がけでテーブルは細長く、かなり狭い方ではあるが、その分ひそやかな会話が交わせる店だ。

適当に酒と料理を頼み、まずはそれを楽しんで、他愛《たわい》ない世間話をする。主に会社のことや日常の業務のこと、他の社員のこと。

あまりになめらかにその会話が続いてしまったので、森吉は今日何のために組木とこうして膝をつき合わせているのか忘れかけていた。

「――それで、俺の話なんですけど」

二杯目のハイサワーがやってきたところで、組木の方からそう切り出した。そうだ、相談に乗るのだったと、森吉はようやく思い出す。

「うん。聞くことしかできないかもしれないけど、それでよければ」

念のため、誰が相手でも最初にしておく前置きを、組木にも伝える。何でも安請《う》け合いしないという自戒《じかい》もあり、過剰な期待を持たせた挙句《あげく》に落胆させる可能性を少しでも減らしたいという姑息《こそく》な保身もありだ。

「恋の話です」

組木は二人の間にあるだし巻き卵の皿を見下ろしながら、ぽつりと言った。

恋の話。

恋、という単語を日常で口にすることが滅多《めった》にないせいか、森吉はどきりとした。多少照れたのかもしれない。彼女の話、つき合ってるやつのこと、そんなふうに誰かが口にすることはいくらでもあったが、恋の話、という響きが何というか新鮮だった。

目を伏せた組木の表情と声音のせいもあっただろうか。深刻というほどでもなく、かといって照れて笑ったりすることもなく、そこはかとなく愁《うれ》うような顔、いつもより低く微かな声で。

(いやもう、女子相手だったら、これだけで落ちるんじゃないのか)

少し思い悩んでいるふうに見えるのがまた、色気を感じる――ような気がする。何となくだが。森吉は生まれてこの方異性にしか色気を感じたことがないので、女性ならそう思うのではという想像でしかないが。

「森吉さん、今、恋人はいますか?」

「いや、いないよ」

「なぜ?」

「なぜ、と言われても……縁がないから、としか」

「森吉さんなら、縁なんていくらでもあるんじゃないですか。それとも、すごく理想が高いとか」

「俺をいいふうに見てくれてるようなのはありがたいけど、俺はいつも振られる立場だからな」

「そうなんですか？　どういう理由で？」

組木が素直に驚いた顔になる。

「最近だと……同期とつき合ってたけど、栄転を切っ掛けに『仕事に打ち込みたいから』って言われて、別れた。その前は、別の会社の二歳下の子が、夢を追いに海外に行くからと」

どちらも二年持たなかった。社会人になってからは二人だが、学生時代も、別れを切り出されるのは必ず森吉の側だ。

そう説明すると、成程《なるほど》、というように組木が頷く。

「もしかして、交際を申し込むのも相手からですか？」

問われて、森吉がどうだったろうかと思い返すと、たしかに今まで付き合った相手の全員から告白されている。

「そういえば、そうかも。何でわかるんだ？」

「何となく、です。というかやっぱり、これまでたくさん告白された経験があるんじゃないですか」

「たくさんってほどじゃない、きっと組木には遠く及ばないと思うぞ」

「俺のことは今はいいんです」

しかし組木の話を聞くための時間ではなかっただろうかと思いつつ、あまりにきっぱりと言われて、森吉は気圧《けお》され気味に頷く。

「本当に、そんなことはないって。どちらかというと、人の相談に乗る方が多い。好きな人がいるけど、どうしたら振り向いてもらえるか、とか」

「そのうち何人かは、あわよくば森吉さんと近づけたらと思ってたんじゃないかな」

「だったら直接言ってくれれば、他に相手がいるとか、仕事や勉強で忙しい時期じゃない限り、普通につき合ったよ。今だって誰かに告白されたら、受けるぞ」

笑って言いつつ、これは森吉の本心だった。前の恋人と別れて、もう二年以上だ。少し前までは資格取得の勉強のために忙しかったが、今はそれも落ち着いて、恋人のために割《さ》く時間もある。だから少しでもいいなと思える女性に言い寄られたら、あっさりと了解する自分の姿が見える。

「誰が相手でも？」

「さすがに既婚者とか——そうだな、軽い気持ちでとか、遊びでっていうのは、嫌だけど。真面目に自分のことを好いてくれる相手だったら、気持ちには応えると思う」

これを話すと、無節操《むせっそう》だと庸介《ようすけ》辺りに怒られるので、普段あまり人に言わないようにしているが。

森吉には好みとか、理想の恋人という形がない。今までつき合った女性も、内気で清楚《せいそ》な子、部活に打ち込み日焼けした元気なタイプ、ギャル寄り、甘え上手で我儘《わがまま》な妹タイプ、絵に描いたような才女と、てんでんばらばらだ。

「だから、彼女がいないのは、誰からも真面目に相手にされてないからだぞ。だぶん俺みたいのは、恋人にするには退屈で、友達にしておきたいタイプっていうやつなんじゃないか。大勢でわいわい遊ぶことはあっても、二人きりでなんて誘ってくれる女性はいないよ」

「森吉さんから誘うことも？」

「なかったな」

就職するまで、塾に部活に生徒会、アルバイトに友達との遊び、そのうえ忙しい両親に代わって弟妹の面倒を見たり、家事を手伝うことだけで、手一杯だった。

おまけに相談ごとや頼まれごとで駆り出される時も多く、自分から特定の異性と親しくしようと考える余地がなかったのだ。

誰かに告白されれば、それなりの時間を捻出《ねんしゅつ》する努力をしたが。

「『恋の話』がしたいなら、俺の経験じゃ参考にならないぞ。社内の誰かと橋渡ししてほしいっていうなら、お膳《ぜん》立《だ》てくらいはしてやれるけど」

しかし組木ならば、わざわざ自分が取り持ったりしなくても、誰が相手だろうが二つ返事で承諾する気がする。

改めて、一体どういう相談なのか、不思議に思えてきた。

「いえ、そういうことではないんですが……」

話を本筋に戻そうとするが、組木の返事がまた歯切れの悪いものになってしまった。

急《せ》かすこともないので、森吉はハイサワーを口に運びつつ、根気よく相手の言葉を待つ。

「……実は、森吉さんだから、打ち明けるんですけど」

「うん。どんなことでも、誓って他言《たごん》はしない」

森吉はこれまで深刻な雰囲気で受けた相談のパターンを思い起こし、どんなことだろうが落ち着いて受け止める覚悟をした。

「俺は、ゲイなんです」

「――」

内心で様々なパターンを想定していた森吉は、だが予想外の言葉に、一瞬何の反応もできなかった。

(組木が、ゲイ？　女性じゃなくて、男を好きになる性的指向？)

そして一瞬後には、かつて友人や知人から同様の打ち明け話をされた経験を思い出した。中学時代の同級生から『自分が異常ではないか』という悩み、社会人になってから仕事で知り合った相手から『同性パートナーを両親に認めてもらえない』という愚痴《ぐち》を聞いた。

「そうか。なら、うちの会社を選んだのはよかったな。うちはジェンダーの問題についてかなり進んだ理解を持とうとしているし、定期的に社内教育も行っているから、居心地が悪くなることは絶対にない。よしんばそんな雰囲気になることがあれば、すぐに俺に言ってくれれば絶対に対処はするから――」

「ありがとうございます。でも、大丈夫です」

頼られる先輩として、組木の不安を取り除いてやりたい。困っていることがあるからこうして相談してくれているのだろう。

真摯《しんし》に考え、勢い込んで言った森吉の言葉を、組木は軽やかに遮《さえぎ》った。

「自覚してから今までに、それなりに嫌な目に遭《あ》うこともありましたし、俺は職場でカミングアウトする気はありません。ジェンダーやセクシャリティの問題については、マイノリティの当事者というより、単純に社会の一員として取り組みたいと思っています。個人の問題ですから」

「そ、そうか……そうだな、うん。そういう平等の作り方も、あるもんな」

当事者として声を上げ、世間の意識を変えるためのムーブメントを起こすことも大切だろうが、組木は自分が特別な人間ではないという前提で日常を過ごしたいのだと、森吉は察した。つまりは波風を立てたくないから、隠し通す気なのだろう。

「さっきも言ったけど、俺は絶対に口外しないから、信じてくれ」

「はい、勿論、信じています」

にこりと、組木が微笑む。それで森吉は無性にほっとしてしまった。

本来であれば、事情を打ち明けてくれた組木にこそ安堵《あんど》してほしいところだったが、これでは立場があべこべだ。

（でも、そうか。前に松本《まつもと》さんが言ってた「壁」って、これのことだったのかな）

組木に好意を持つ女性社員が言っていた「壁のようなもの」というのは、彼が女性を恋愛対象にしていなかったからかもしれない。

女性から恋愛感情を滲《にじ》ませながら誘われても、断るしかないのだ。お互いのためにも、そういう雰囲気に持っていかないようにするのが、一番だろう。

（断り切れなそうな時に助け船を出してほしい……っていう感じでもないよな？）

組木なら、どんな局面でもうまく立ち回れそうだ。

「社内で何か困っていることがあるわけではないんだよな」

問題があれば対処する、と言った森吉に、組木は先刻「大丈夫です」とはっきり答えた。しかしすぐには言えないこともあるのではと気になって、森吉は念のために訊ねてみる。

「そうですね。社内では……」

組木の返事は今度、曖昧《あいまい》な響きになった。

「社外では、何かあるのか？　保険会社とか、役所とか」

「あ、いえ、仕事上でトラブルがあったわけではないです」

少し困ったような顔で、組木が笑う。

「問題は何も起きていませんよ。すみません、不安にさせているみたいで」

「そ……そうか、なら、いいんだけど」

どうも自分が浮き足立っているというか、空回っている気がして、森吉は落ち着こうと水を口にした。こういう話を聞くのが初めてではないとはいえ、慣れているわけではない。交友関係は広い方だと思うが、大っぴらにつき合っている同性カップルは仲間内にはいなかった。どういう態度を取れば正解なのか。何を答えれば間違わずにすむのか。とにかく特別視するような言動だけはいけないと、それはわかる。

「組木なら、どんな場合でもうまく立ち回れそうだもんな。心配するのも失礼な話か」

「……そんなこと、ありませんよ」

「え？」

組木は苦笑いを浮かべながら、ハイサワーの入ったグラスを片手で玩《もてあそ》んでカラカラと氷を鳴らしている。

「こと、恋愛においては、ちっともうまくいかない。今の会社に入る前につき合っていた恋人に、こっぴどく裏切られていますから」

「そうなのか」

「はい。ずいぶんみっともない振られ方ですよ。俺ばっかりが相手に溺《おぼ》れて、大事にしているつもりだったのに、二股どころか三股くらいかけられて」

相槌《あいづち》に迷って、森吉は小さく何度か頷くだけに留めた。

（この組木を袖《そで》にして三股って、よっぽどの相手だったんだなあ）

同性同士であろうと、男女間とさほど変わるものではない気がする。派手な美女が組木を後《しり》目《め》に、両手に同じくらいのいい男を抱えて奔放に振る舞う……というようなあまり豊かとはいえないイメージが、森吉の脳裡《のうり》に浮かんだ。

「本当に、好きだったんですけどね。少し臆病でその分強がりで、なかなか甘えてくれないところがいじらしかった。気持ちに応えてもらえた時は嬉しくて、本当にずっと大事にしようと思ってたのに」

ということは、組木の方からアプローチしてつき合い始めたということだろう。一体どれほどの美男子だったのか、森吉には想像もつかない。

「その分、裏切りに気づいた時は辛くて。……どうしても許せませんでした。相手とは半同棲状態だったんですけど、俺が会社に行っている間に、他の人を連れ込んでたんです」

組木が深く溜息を吐く。森吉はまた迂闊《うかつ》に相槌を打てなかった。それは酷《ひど》いとか、何て奴だと思ったが、口にすれば組木は溜飲《りゅういん》を下げるよりも、余計に傷つくような気がしたのだ。

（だって、滅茶苦茶好きだったんだろ、これ）

口調と表情から、嫌というほどそのことが伝わってくる。

仕事も社内の人間関係もスマートにこなす組木が、恋愛に関しては一途《いちず》らしいということが、森吉にとっては意外なようでもあり、むしろしっくりくるようでもあった。

「その部屋に住み続けるのが嫌になって、ちょうど前の会社の体制が自分に合わずに悩んでいたので、辞表を出して、引っ越して」

「それは、思い切ったなあ」

まさか中途入社の理由に、それがすべてではないにしろ、恋愛沙汰もあったとは。

「しばらくは気を紛《まぎ》らわせようとあちこち旅行に行ったり、ひたすら家でごろごろしたり、給付金のためにハロワに通いつつ割と腐った日を送っていました。何ヵ月かは、本当に落ち込んでいて……」

呟いてから、組木が少し我に返ったように森吉の方を見た。

「――すみません、こんな話まで。酔ってるのかな」

組木は気恥ずかしそうに目を伏せている。

「いや。羨《うらや》ましいなと思って聞いてたよ、そんなに一途に思う相手がいるなんて」

本心から森吉は言った。これまで何人かとつき合って、それなりに相手を大事にしてきたつもりだが、人生や生活が変わるほどのめり込んだことはない。

だから人から恋愛に関する相談を受ける時、森吉はいつも少し羨ましかった。

相手に振り向いてもらえず真剣に悩んだり、誤解や擦《す》れ違いで苦しむ人を羨むのはよくないことだとは思うので、口に出さないようにしてきたが。

そんなふうに人を好きになるなんて、どんな気分なんだろうと、羨望《せんぼう》と共に考えることがあった。

「羨んでもらえるようないいものではないですけど……そう言ってもらえると、多少は救われます」

組木が再び視線を上げて森吉をみつめ、微笑む。

「真剣に聞いてくださって、ありがとうございます。森吉さんなら弄《いじ》ったり茶化したりせずに、普通に聞いてくださると思っていました」

組木にそう言われて、森吉は自分でも意外なほど嬉しかった。

「俺でよかったら、何でも話してくれ。話すだけで気が楽になることもあるだろうから」

「何でも、ですか？」

小さく首を傾げて、組木が問い返す。森吉は大きく頷いた。

今日も、組木はただ恋の愚痴を吐き出したくて、自分を誘ったのだろう。愚痴を聞くのは得意だ。それだけで元気が出るのであれば、利用してもらって構わない。

「じゃあ、俺はあなたのことが好きなので、つき合ってくれますか」

本当に話を聞くことくらいしかできないけれど――と続けて言おうとした森吉は、組木の口にした言葉の意味がまたすぐには呑み込めず、動きを止めた。

ぽかんと相手を見遣ると、組木は穏やかな、優しげな微笑を浮かべて森吉の目を覗き込んでいる。

数秒それに見蕩れてしまってから、我に返った。

（じょ、冗談……か？）

組木は笑っているが、こちらをからかおうとする意図は感じられない。

瞳の中に真剣さも感じ取ってしまって、森吉は唐突に冷や汗をかくような気分に晒《さら》された。

「恋人はいない、ってさっき森吉さん、言ってましたよね。告白してくれれば受けるのに、とも」

「い……」

言った。たしかに言った。

しかしまさか、同性の、後輩から告白されるだなんて、まったく想定しなかったし――。

（いやっ、でも、『男だから駄目』なんて理由で断るのは、それこそ駄目じゃないか……!?）

たった今まで、物わかりのいい先輩の顔で、組木の話を聞いていたのだ。

組木は「嫌な目に遭ったこともある」と言っていた。さらりとした口調だったが、傷ついたり憤《いきどお》ったりしてきたから、会社で自分の性的指向について公《おおやけ》にするつもりはないと言ったのだろう。

（なのに俺が拒《こば》んだら、俺、滅茶苦茶酷い奴ってことにならないか……!?）

誰が相手でも、真剣に自分を好いてくれているのであれば、気持ちに応えると、断言してしまった。

「ご……ごめん、人から告白されるのが久しぶりで、急で、驚いて……」

自分が動揺しているのは、組木にも伝わっているだろう。それを、男から告白されたからだと思われたくなくて、森吉は少し口籠《くちご》もりながら言い訳した。

嫌悪感で拒否しているとは思われたくない。が、咄嗟《とっさ》に抵抗というか、強い戸惑いを感じてしまうのは誤魔化しようがない。

「俺は真剣に、森吉さんのことが好きです」

女性から同じように言われた時、自分はこれまで、どうしてきたのだったか。

『ありがとう、嬉しいよ。俺でよければ、彼女になってくれますか』

『ありがとう。君のことをまだよく知らないから、よかったら、今度ゆっくり話をしてみようか』

『ごめん、今、つき合ってる人がいるんだ。でも、気持ちを伝えてくれてありがとう』

よく遊ぶ友達から告白された時、よく知らない相手から告白された時、恋人がいる状態で告白された時。

組木はそのどこにも当てはまらない。職場が一緒というだけで差しで飲むことも今日が初めてだが、引き継ぎや日常の業務で会話することも多いからまったく知らない相手ではない。仕事の正確さ、日頃の落ち着きは充分わかっている。そして今、森吉には特定の恋人がいない。

「俺は組木によく思ってもらえるほどの人間じゃないぞ」

混乱しつつ、森吉はできうる限り冷静に見えるよう気をつけながら、そう言った。

組木の方が、自分よりずっと優秀だし、そつがないし、見た目もいい。何しろ組木は『本物』だ。自分のような張りぼてではなく、純正の秀才だ。

「何言ってるんですか」

組木が、小さく声を立てて笑う。

「森吉さんは俺の憧れです。仕事も出来るし、優しくて、平等だ。それに……見た目も、好きです」

最後には照れたように笑み崩れた組木を見て、森吉はテーブルに突っ伏したくなった。その笑顔。いつも愛想はいいが、礼儀正しさを保っている組木の、甘やかに蕩《とろ》けるような笑みを会社で見せれば、女子社員全員がイチコロだろう。

(——とか、考えるのが、すでに組木に失礼なのか……!?)

俺なんかじゃなくて、もっと可愛くて気立てのいい女の子にしろよ、などと口走るのは絶対にいけないと、森吉は必死に堪える。せっかくいい男なのに、男の俺になんか走ることないだろ、とか。

「急で驚かせたのは、すみません。変にアプローチして社内の人に勘づかれたら、森吉さんにまで迷惑がかかるかもしれないと思って、あまり近づかないようにしていたんです」

組木は、いい奴だ。自分の気持ちよりも相手の立場を思いやることのできる、優しい人間なのだ。

「でも、昨日の飲み会で声をかけてもらって、舞い上がってしまって。少しでもチャンスがあるなら、俺のことを知ってもらえるなら、それを逃がしたくないから、思い切って今日誘ったんです」

舞い上がる、という言葉が組木には似つかわしくない気がしたが、熱っぽくなる相手の眼差しを見たら、森吉にはそれが本当なのだとわかってしまった。

「どうしても気味が悪くて抵抗があるわけではなければ、つき合ってもらえませんか」

「……う……」

森吉はまた返事に詰まった。ここで「否」と言えば、自分が組木に対して「どうしても気味が悪い」と言ったことになってしまう。

「駄目でしょうか？」

少し不安げな、緊張している気持ちが伝わる相手の表情に、森吉はどうしても、どうしても、首を横に振ることができなかった。

「わ……わかった……」

そして最終的には、頷いてしまったのだった。

◇◇◇

「馬鹿じゃねえ？　っていうか、馬鹿すぎねえ？」

ソファに俯《うつぶ》せに突っ伏す兄に、庸介の言葉のナイフは容赦《ようしゃ》がなかった。

「またかっこつけて、ホイホイ相談乗るからそんなことになるんだ。馬鹿かよ？」

馬鹿、と、もう何度言われたことか。

「ていうかそもそも、そういうこと、弟に相談するか？」

「……他に言う相手もいないんだよ……」

組木と、つき合うことになってしまった。

わかった、と頷いた時にはすでに後悔していたが、組木がぱあっと嬉しそうに顔を綻《ほころ》ばせるのを見て、「やっぱり無理」とも言い出せなかった。

また食事にでも誘わせてください、と言われて、今日のところは別れた。

それからずっと森吉の気が重く、帰り道の電車の中でも溜息が止《や》まず、帰宅してソファで落ち込んでいたら庸介に「鬱陶《うっとう》しいんだけど、何？」と足蹴《あしげ》にされて、つい今日あったことを洗いざらい話してしまった。

そして罵詈雑言《ばりぞうごん》の嵐だ。

「結果的に自分が追い詰められた上に、相手も傷つける未来しかないだろ。傷が浅いうちに相手に謝って、断れ」

「本当は無理でしたなんて、どの面《つら》下げて言えばいいんだよー……」

「今俺に言ったみたいに言えばいいんだよ、本当は無理でしたって」

「そりゃ庸介には言えるけど、あっちに言えるわけないだろ。よりによって、できのいい後輩相手に。しょせんそんなもんかって呆れられて、幻滅されるのが目に見える……」

「しょせんそんなもんなんだから仕方ないだろうが。て言うか、何で俺には言えるんだよ」

「だっておまえ、俺に夢とか見てないから、今さら幻滅しようもないだろ。底の底まで見えてようが、家族だから邪険《じゃけん》にしても見捨てるわけにはいかないだろうし……」

「本当っ、たち悪いな、おまえは！」

もう一度尻を蹴《け》られた。庸介は怒った足取りで自分の部屋に帰ってしまう。

森吉は改めて深々と溜息を吐いた。

「まあ、庸介の言うとおりだよなあ……」

傷が浅いうちに、やはり無理だと組木に言うしかない。

当事者になる覚悟はできていなかった、ごめん。そう正直に言う以外ない。あの場で言うべきだったのに、言えなかったのは、庸介に罵倒《ばとう》されたとおり森吉の格好つけが原因だ。幻滅される覚悟くらい決めるしかない。

「……せっかく、憧れだって言ってもらえたのになあ……」

有能な後輩から尊敬されていたのは、嬉しかった。騙《だま》しているようでどうしても気は引けるが、それでも『本物』に認められた気がして、そこだけ切り出せば、誇らしい。常につきまとっている後ろめたさから少しは解放される気持ちにもなる。

だが、そのせいで、組木を傷つける羽目になるとは。

「もう今後は、格好つけるのやめよう……絶対にやめよう、キャパ以上のことはやめだ」

呻《うめ》くように呟き、決意するが、当然ながら森吉の気は沈みっぱなしだった。

◇◇◇

次の日にも、と思ったが、タイミングがいいのか悪いのか翌日翌々日と組木が社外の仕事からの直帰《ちょっき》になり、顔を合わせずに終わった。

さらに翌日、組木は普通に出社して、森吉と目が合うといつもどおり穏やかな微笑みを向けてきた。

「おはようございます」

「——おはよう」

いつもどおりなのだが、眼差しに微量の親しみと愛《いと》しさが混じっているふうに見えて、森吉の方は顔が引き攣《つ》らないようにするので精一杯だった。いつもどおりに、と意識するせいでぎこちなくなってしまった気がする。俺はここまで要領が悪かっただろうか、いや悪いのを無理矢理誤魔化しているからの現状なのだと、分刻みで落ち込みと自己批判を繰り返す。

先延ばしにしても仕方がないと、組木をランチに誘おうかと思ったが、社員食堂でできる話でもない。外のカフェにも人目はあるし、下手をしたら同じ会社の人とかち合う。

落ち着かず、重たい気分のまま、ようやく終業時間を迎えた。

「組木、今日、時間あるか？」

帰り支度を始める組木のそばにそっと近づいて、小さく声をかける。他の社員、特に組木を気に懸けている女性社員に聞かれたら、便乗《びんじょう》されてしまう気がしたので、こっそりだ。

「はい」

組木が、嬉しげに顔を綻ばせる。素直な歓喜に、森吉は心臓だか胃だかが微妙に捻《よじ》れるような罪悪感を覚える。

「夕食、一緒に食べよう。この間と同じ店でいいかな」

「はい、さすが森吉さんは、素敵な店を知ってるなって思ってました」

もうやめてくれ、勘弁してくれ、その純粋な尊敬の眼差しを閉ざしてくれ。

そう訴えたい衝動と戦いつつ、森吉は組木と共に、三日前に訪れたのと同じ店へと辿り着き、偶然ながら同じ席に案内された。

ひとまず、飲み物だけを頼む。すぐに突き出しと共にハイボールがやってきた。酒を入れてアルコールに背中を押してもらおうと、口に運ぶ。ごくごくと喉を鳴らして酒を飲む森吉を、組木が少し不思議そうに見ている。

「喉渇いてましたか？　空《す》きっ腹だと悪酔いするでしょう、食べ物も頼みましょうか」

「いや、いい」

のんびり食事をしながらするような話でもないし、話し終えたら何か食べるような雰囲気ではなくなるだろう。

これ以上の良心の呵責《かしゃく》に耐えられず、森吉はハイボールを半分ほど飲んだあと、すぐに口を開いた。

「組木、悪い。この間の話だけど、やっぱり、考え直させてくれないか」

「嫌です」

「……。……!?」

思い切って告げた言葉に、あまりに間髪を容《い》れずに返事が来て、その意味を飲み込むのに少々の時間を要し、断られたのだと理解して、森吉は驚いた。

「嫌です、考え直さないでください」

「え、い、いや、でも」

落胆されるか、詰《なじ》られるか、軽蔑されるか。ある程度相手の反応を予測して覚悟を決めてきたつもりなのに、まさかここまできっぱりと断られるとは、思っていなかった。

組木はにこりともせず、かといって怒った様子もなく、ただじっと森吉のことをみつめている。

「く……、組木のことは、仕事もできるし、そつがなくて、すごく優秀な後輩だと思ってる。俺の方こそ、組木を尊敬してるし……」

混乱しつつ、ここに至るまでずっとシミュレーションしてきた言葉を、相手に告げる。

すると組木が、目許を微かに和《なご》ませた。

「ありがとうございます、森吉さんにそう言ってもらえて、嬉しいです」

つい引き込まれ、釣られて微笑み返しそうになってから、「そうじゃない」と森吉は焦りながら言《げん》を継いだ。

「だからこそ、そういう組木に対して、軽率につき合うなんて、失礼だと思うんだ。その……好きなわけでも、ないのに」

思い切って「好きなわけでもない」と言ってみたのに、組木の表情は変わらない。

「森吉さんのそういう真面目で、律儀なところが、すごく好きです」

「えっ、いやいや、そうじゃなくて」

「新しい会社でうまくやれるか、旧態依然《きゅうたいいぜん》とした前の会社と同じように、少しでも新しいことを提案したら煙たがられて嫌味を言われて仕事を奪われるんじゃないかって、出社初日はすごく緊張していました。けど森吉さんは、教え方も効率的で、どんな質問にも提案にもきちんと耳を貸してくれて、そういうところが、最初から好きだったんです」

組木は淡々とした口調だったが、響きが少し熱っぽい。最初から、と言われて森吉はまた驚いた。そんなふうに思われていることに、ちっとも気づかなかった。

(俺に迷惑をかけないようにって、すごく頑張って隠してたのか……)

何となく、ここ最近の話かと思っていた。三ヵ月もそんなふうに想われ続けていたとは。

「それに森吉さんこそ俺をいいふうに見過ぎていますよ。俺は全然立派な人間じゃないし、大きな失敗をしていないだけで特別有能ではないです。前の会社では上司や周りから煙たがられて、恋人に三股かけられるような、魅力のない男ですから」

「周りの反応は出る杭《くい》を打つタイプの人間ばかりの環境だったからで、三股は恋人に節操がなかったっていうだけじゃないのか？　たとえ落ち度がある人に対してだって、三股もするのはされた方じゃない、する方が特別おかしいと思うぞ」

つい相手をフォローするようなことを言ってから、違うそうじゃない、と森吉は会話の流れを立て直そうと足掻《あが》く。

「だ、だから、組木がもし真剣に俺を想ってくれてるなら、俺の気持ちが釣り合わない。やっぱり申し訳ないよ」

「森吉さんに俺が釣り合わないというなら、一度退《ひ》いて、見合う男になるために努力をするところからやり直します」

組木は一切引き下がらなかった。森吉が何を言っても打ち返してくる。

「そうじゃないのなら、諦めません。誤解があるようなので、まず俺を知ってください。そのうえで俺に森吉さんとつき合う資格がないと判断したなら、きっぱり、身を退きます」

じっと、強い力でみつめられると、森吉には何も言えなくなってしまう。

正直なところ、言葉で丸め込む自信があった。話し合いの場を持てば、詭弁《きべん》を弄《ろう》して言い逃れて、相手を傷つけず、自分の立場も下げずに逃げることができるのではと、甘く見ていた。

(駄目だ。そういう姑息《こそく》な、小賢《こざか》しいことが、組木には通じない……)

森吉の焦りは最高潮に募《つの》る。

どう返すべきかまとまらずにいると、組木の強い眼差しがふと和《やわ》らぎ、表情が苦笑に近いものに変わった。

「すみません。ずるい言い方をしていますね、俺は。わかってます、森吉さん、男にこんなふうに言い寄られることに困ってるんですよね」

「……いや、そういう……、……うん、少し、戸惑ってはいると思う」

何とか誤魔化そうとしたが、思い直して、森吉は正直なところを答えた。

「今までつきあったのは、女性ばかりだったし。そういう人たちがいるのは知識としてはわかっていたつもりだけど、身近に同性のカップルがいたこともなくて、自分のこととして捉《とら》えられなかった」

「はい」

組木が頷いたのを見て、森吉はわずかに安堵する。

「だから、やっぱり組木とは……」

「だから、知ってもらえるように、頑張ります」

「うん？」

「森吉さんの問題だと思ってもらえるように、努力します。さっきも言ったけど、俺のこともっと知ってほしい。まだこうして二人で話すのは二回目です。ジャッジされるなら、もう少し時間がほしいです。俺に、チャンスを下さい」

――駄目だ。これ以上、回避できない。

何を言っても打ち返してくる組木に、結局森吉は、根負けした。

「わかった。じゃあ、期間限定というか……お試しということで……」

「……ありがとうございます」

組木がほっとしたような、嬉しそうな顔をするので、森吉の胸はまた痛む。

（組木が俺の本性を知れば、あっさり幻滅して、こっちが振られる立場になるだろう）

いっそそうなった方が、組木にとって親切だ。本当は見栄っ張りの『ええかっこしい』だと見抜かれれば、森吉は惨《みじ》めな気分になるだろうが、それだけのことだ。組木はいちいち「あいつは本当は駄目な奴だ」と言って回るような男ではないだろう。

「ゆっくりでいいです。これから、よろしくお願いします」

テーブルに乗せていた森吉の手に、組木がそっと触れる。すぐに離れたので、それを慌てて振り払うような無様さを見せまいと気をつける必要もなかった。

おまえやっぱり馬鹿だろうと、森吉の脳内で庸介《おとうと》の呆れた声が響く。

（全部、さらけ出そう。組木の前では先輩風を吹かせずに、底の浅い人間だってことを見せつけて、そっと離れてもらおう）

何とも情けない決意を、森吉は改めてするのだった。

3

恋人としてのお試し期間が始まったとはいえ、会社での組木《くみき》の態度はこれまでと一切変わりがなかった。

業務で必要な時にはお互い声をかけ合い、休憩時間やランチタイムが重なれば、同じ部署の先輩後輩として、当然のように一緒に過ごす。他の社員が混じることもあったが、誰も組木と森吉《もりよし》がつき合い始めたことなど勘づけなかっただろう。

「土日はもう、森吉さんの予定、埋《う》まっているんですね」

数日置きに、いつもの店で食事を取った。休日にデートをしないかと誘われたものの、以前から約束のあったバーベキューや弟妹《ていまい》たちとの買い物、研修などで塞《ふさ》がっていたため、断る以外の選択肢がない。ちょうどあれこれ申し込んでいたセミナーやワークショップなどが開催される時期だったので、来週以降も予定が詰まっている。

「なるべくこまめに知識をアップデートしていかないと、対応できないからな。来週も、セミナーの予定が入ってるから……」

「来週の土曜って、もしかして過重《かじゅう》労働のやつですか？」

どうやら組木も同じセミナーを予約していたらしく、話した結果、来週の土曜日に一緒に出かけることになった。

セミナーへの出席であれば、まあ仕事の延長だ。あからさまなデートという雰囲気にもならないようだから、森吉にとっては多少気が楽だった。

「森吉さん、本当に仕事熱心ですね」

「組木だって同じセミナーに申し込んでただろ」

「俺はまだまだ覚えるべきことが山ほどありますから」

森吉が熱心に勉強を重ねているのは、言うまでもなく自分の見栄と体裁《ていさい》のためだ。知らないことを知らないと言うのが格好悪い気がして、追い立てられる気分で情報を吸収している。

組木は自分と違って純粋に向上心のために勉強をしているのだろう。そう考えると、やはり本物の男前は違うなと、感心してしまう。

流れで一緒に行くことになったセミナーでは、組木が積極的に講師に質問を行うのを見て、森吉も黙って座っているだけでは格好つかない気がして、競うように疑問点を探し出し、質問を重ねてしまった。

昼過ぎに始まったセミナーは夕方には終わり、帰る前にお茶でもと組木から誘われ、喉の渇いていた森吉はそれに応じた。

「森吉さんはすごいですね、着眼点が実践的というか、漫然《まんぜん》と質問するんじゃなくて、実務に結びつきそうなところに繋《つな》げて確認を取るから」

カフェでコーヒーを飲みつつ、組木に感心しきりという風情《ふぜい》で言われてから、森吉は自分のミスに気づいた。

（ま、また見栄を張ってしまった）

ただ漫然と講師の話を聞いて、何もせず帰っていれば、「何しに来たんだ、この人は」と呆れてもらえたかもしれないのに。

（でも、せっかくの勉強の機会を潰すのも馬鹿らしいもんなあ……時間も金もかけてるんだし）

おまけに思考がしみったれている。両親に代わって家事を任されることも多く、スーパーの買い物も担当していたから、どれがよりお得かとか、元を取らねばとか、ついついそういうことを考えてしまう。

「……金をかけてるんだし、元を取らないと、もったいないだろ？」

そうだ、それを口にすれば、しみったれた男だと批判的に見てくれるかもしれない。そう気づいて、にやつきながら言ってみる。

「同感です、受講料以上に得るものがあった方が、時間を掛ける価値がありますからね」

「しまった、ポジティブシンキング……」

「え？」

「いや、何でもない」

本物の男は、そもそもしみったれた思考を持たないから、相手をそんなふうに馬鹿にすることもないのだ。何でもいいように変換されてしまう。

(よかった探しで、俺のことも実像以上に評価してくれてるんだろうなあ)

これが単なる後輩、友人関係であれば、嬉しい反応なのに。

「明日もお忙しいんですよね」

組木からさり気なく確認を取られ、森吉は頷いた。

「用事っていうわけじゃないんだけど。家の大掃除をしなくちゃならないから」

答えた時、組木が少し何か言いたそうな表情になっていることに気づいた。何を言わんとしているのかは、森吉もすぐ察する。

「別に口実じゃないからな？　うちは両親が忙しくて、二人とも今日も仕事だし、家のことは俺が取り仕切ってるんだ。妹が家具の買い換えと模様替えをしたいって言い出したから、その手伝いもかねて、ついでに納戸《なんど》の大掃除もしようってことになって。俺の都合で明日に決めたから、俺が抜けるわけにはいかない」

懇切《こんせつ》丁寧に説明してしまってから、「いや、これはむしろ口実だと思わせておいた方がよかったんじゃないか」と気づく。

(駄目だ、二十八年間培《つちか》った取り繕いの技術が勝手に出てくる)

しかし組木の方からこちらに呆れて距離を置かれるのならともかく、こちらから組木を遠ざけようとしていると思われるのは、どうも抵抗があった。別に不必要に組木を傷つけたいわけじゃない。

（偽善者め）

庸介《ようすけ》がこの場にいたら、間違いなくそう罵《ののし》ってくれただろう。

「妹さんがいらっしゃるんですね」

組木の方は、そんな森吉の葛藤《かっとう》など気づいたふうも気にしたふうもなく、興味を覗かせた調子で訊ねてくる。

「ああ、他に弟が二人。全員学生ですぐさぼろうとするから、俺が見てないと一週間かけても終わらなそうだ。下の弟は部活で手伝えないっていうし……」

「模様替えや納戸の掃除って、人手が要《い》りますか？　よかったら手伝いますよ」

「え」

「高校時代は引っ越し屋のアルバイトもしてたから、荷運びや不要品の処理は得意なんです。大物を処分するなら、安く引き取ってくれるところに心当たりもありますし」

森吉は少し迷ったが、組木の申し出を受けることにした。このまま距離を置いたところで、ずるずるとお試し期間が続くばかりだろう。避けるよりも、一緒にいる時間を増やした方が、幻滅される確率も上がる。

庸介には「会社の後輩の男から告白された」と包み隠さず話してしまっていたが、その庸介がいない代わりに手伝ってくれるのだから、気にする必要もない。

「助かる、頼んでいいか」

「はい」

しかし嬉しそうに頷く組木を見ると、例によって森吉の胸が後ろめたさで疼《うず》いた。

◇◇◇

約束通り、休日になると組木が森吉の自宅までやってきた。

森吉家に現れた組木は、双子に向けて爽やかに挨拶《あいさつ》すると、森吉の指示通りてきぱきと家具の移動をしたり、ついでに埃《ほこり》のたまった移動痕を掃除してくれたり、不要になったものを紐《ひも》で縛《しば》ったりと、あまりに手際がよかった。

「お兄ちゃん、組木さんて、すっごい格好いいね」

その働きぶりを見て、唯依菜《ゆいな》が微かに頬を染めていた。航平《こうへい》も頷いている。

「慧《けい》兄ちゃんくらい気が利いて、力持ちで、優しい人って、滅多《めった》にいないと思ってたけど、いるんだなあ」

何もかも手放しで褒《ほ》める双子に、森吉は乾いた笑いを浮かべるしかなかった。

ひととおり作業をすませ、あとは細々と掃除をするだけというところになって、休憩を取ることにした。ちょうど昼時だ。

唯依菜があらかじめ握り飯《にぎりめし》やおかずを作っておいてくれたので、縁側《えんがわ》に四人腰掛けて食べた。量の少ない唯依菜が真っ先に食べ終え、片付けとお茶を淹《い》れると言って台所に向かい、航平は友達からの電話に出るために自分の部屋に戻ったので、森吉は組木と二人縁側に残された。

「すごく、いい風情ですね。古き良き日本家屋《かおく》」

初夏で、すでに気温はそれなりに高く、森吉たちの背後からは首振り扇風機の風が送られてくる。

庭はさほど広いわけではないが、目隠しの常緑樹の他にも椿《つばき》や蜜柑《みかん》の木、ささやかな薔薇《ばら》、鉢《はち》植《う》えやプランターの野菜が植えられている。縁側の向こうには物干し台。森吉の家はサザエさんちかよ、と遊びに来る友人たちには言われ続けている。

「まあ、古さはかなりのものだな。建物自体は結構リフォームしてるんだけど、根本的に昭和の香りが残り続けてるんだよ、うち」

「いい家だと思います。俺は好きだな」

お世辞でもないふうに組木が言って、森吉家の庭を眺めている。

「それに、ご兄弟も明るくて、いい子たちだし」

「今日はいない一番下のが、まあ生意気なんだけど」

「兄弟がたくさんで羨《うらや》ましいですよ」

組木に兄弟はなく、家族は父親のみ、今は一人暮らしだということは、給与計算の都合で森吉も知っている。母親とは死別なのか、離婚なのかというところまではわからないが。

「ここで森吉さんが育って、生活しているのか……」

感慨深そうに言われて、森吉は腹の辺りが落ち着かなくなった。組木の眼差しはいかにも「愛しい《いと》」というもので、こういう時、森吉は唐突にこの男が自分を好きなのだということを思い出して、そわそわする。

「組木さんも、コーヒーでいいですか?」

そこに妹が縁側に戻ってきてくれて、ほっとした。

(唯依菜の容姿は、双子の航平よりもむしろ俺に似てるって言われてるけど……)

唯依菜を見る組木は、優しげだし親しげでもあったが、先刻まで庭を眺めていた時とは雰囲気がまったく違う。

(どうしたもんかな)

告白された時と、断ろうとして畳《たた》みかけられた時以外、森吉が組木からあからさまなアプローチを受けたことはない。だからただの友人としてつき合いやすく、居心地もよくて、今日は自分の家にまで招き寄せてしまった。

(だって組木は、人手が必要な時は誰が相手だって親切に手伝いを申し出るだろ?)

どんな力仕事も、面倒な作業も、嫌な顔ひとつせず手伝ってくれる組木の様子は、まったく点数稼《かせ》ぎのようには見えない。

組木は最後まで戦力として申し分ない働きぶりを見せて、夕食は森吉と双子と共に近所の中華料理屋で一緒に取ってから、家に帰っていった。

唯依菜などはすっかり組木が気に入ったようで、また家に呼んでねとはしゃいでいた。

「そうだな、また機会があったら、声をかけてみるよ」

双子たちと一緒に駅まで組木を見送った帰り道、森吉は気づけば自然とそんな言葉を妹に返していた。

◇◇◇

その後も、平日の夜はたまに組木と会社帰りに食事へ行った。

例の水槽のある店がすっかり行きつけになっていたが、組木の方から、「たまには店を変えませんか」と森吉を誘ってきた。

「あの店も、落ち着いていてすごく好きですけど。おもしろい日本酒バーがあるので、よかったら」

日本酒は好きなので、森吉は快諾《かいだく》した。

いつもの店よりも会社から離れた駅で降り、少々歩く。商店街の奥まで行ってから道を外れた、少し寂《さび》れた場所にある建物の半地下に、組木が先導して下りていった。

「結構狭いんですけど、雰囲気はすごくいいので」

組木の言うとおり、店はカウンターに四、五人分の椅子と、テーブル席が三つほどしかない、こぢんまりした空間だった。ただ確かに雰囲気がいい。内装は和風モダンといった感じで、新しいのに懐かしい空気だ。森吉は組木と共に、ひとつだけ空いていた二人がけの席に向かい合って腰を下ろした。

「予約してたのか？」

店に入った時、店主の男に組木が自分の名を小声で告げるのが森吉にも聞こえた。

「予約はできないんですけど、空いてるかどうか電話で聞いておいたので」

店は入り組んだ路地にあり、店構えも地味で看板も小さく、いかにも知る人ぞ知るという風情だったが、席はすべて埋《う》まっている。人気があるのだろう。

「珍しい酒がたくさん入ってるんですよ。料理もどれもおいしいです。適当に頼んでいいですか？」

「うん、任せる」

組木は通い慣れているのか、てきぱきと注文を済ませている。

店主おすすめという酒がすぐにやってきて、料理も次々テーブルに並べられた。

「俺も日本酒好きだけど、詳しくはないいんだよな。何年か前に日本酒バーに連れていってもらってから、初めてうまいって気づいて、メジャーなものは試したんだけど」

組木の言うとおり、料理もうまい。森吉はどんどん酒が進んだ。

「組木はここ、誰かに教えてもらったのか？」

「いえ……自分で開拓しました」

「そうか、こういう店が通い付けって、やっぱり本物は違うなあ」

「本物？」

「あ、いやいや。じゃあ、会社帰りに一人でフラッと入ったり？」

「誰かと一緒に来たのは、森吉さんが初めてです」

「そうかー……」

そう言われて、何となく嬉しいと思う自分が、森吉は我ながら不思議だ。

「あんまり誰かと飲みに行ったりはしないのか？　最近はずっと俺とばっかりだろう」

そう森吉が訊ねると、組木に苦笑されてしまった。

「森吉さんと飲むのが一番楽しいですから、今の俺は」

「……そうかー……」

馬鹿なことを聞いてしまったかもしれない。時々自分と組木の関係について考えさせられるのは、組木からのアプローチというよりも、森吉の迂闊《うかつ》さのせいもある。

「そうだ。妹がな、またぜひ、組木に遊びに来てほしいって」

さり気なく話題を変えたつもりだが、口に出してみたら、変わったかどうかわからないものになってしまった。

「夕飯は外食になったから、お礼がてら手料理を振る舞いたいってさ」

「妹さん、料理はよくするんですか？」

「そうだな、兄弟持ち回りでやってるから、週に一、二度はあいつが当番だ」

「持ち回りって、森吉さんも？」

「ああ、結構やるぞ。前も言ったけど、うちは両親が共働きで、家のことはほとんどしないんだ。小学生の頃から、簡単なものだけど作ってた。下の奴らが大きくなってからは代わってもらえることも増えたから、助かるよ」

「妹さんの料理も楽しみですけど、森吉さんの作ったものも食べてみたいですね」

——いや、森吉が迂闊なだけではなく、組木の話題の持って行き方も巧《たく》みなのだろう。どうしても社交辞令に聞こえない言葉に、森吉は「そのうちな」と社交辞令を前面に押し出して答える。

「組木は、料理はするのか？」

「そうですね、割と。料理がストレス解消なところもあるので、土日なんて一日中シチューを煮たりしてます。たまに」

「へえ、それは、食べてみたいな」

――違う、やっぱり俺も、迂闊なんだ。つるりと口から出た言葉に、森吉は内心焦りつつ、顔に出ないよう表向きは平静を保つ。

（でも組木の料理なんて、滅茶苦茶うまそうじゃないか？）

さぞかし凝《こ》ったものを作るに違いない。

「ぜひ。うちにも遊びに来てください、狭い１ＬＤＫですけど」

「そうだな、そのうち」

「はい」

森吉の返事が社交辞令でしかないことが、組木にはわかっているだろう。それでも嬉しそうに笑う顔を見ていると、罪悪感と、もう少し別の感情が森吉の胸に滲《にじ》んでくる。

（まあ……組木みたいな奴にそう言ってもらえたら、恋愛感情とかそういうの抜きにしたって、誰でも嬉しいもんだろ？）

組木と一緒にいることが、正直に言って、もう心地好いのだ。

会話は弾《はず》むし、時々恋人めいたことを言われて戸惑うが、それが嫌なわけではない。

考えてみれば最初からそうだった。組木という男はとにかくスマートで、嫌味なところが一切なくて、仕事でも頼もしい。それにあまりに顔立ちが綺麗なので、眺めていると目が楽しい。気立てのいい色男の後輩とこうして向かい合って酒を飲むのは、なかなか有意義な気すらしてくる。

つい切れ長の目やら通った鼻筋やらを眺めていたら、組木と目が合って、にこりと笑いかけられる。森吉は自然と微笑みを返した。

（こういう感じでずっと過ごすの、別に、悪くないんじゃないか？）

自分の本性を知ったら組木は離れていくだろうと思っていたが、その本性がうまく出せないままだ。

（どうせ見栄っ張りはもう染みついてるんだし、無理にそれを見せようとしなくても、流れに任せていけばいいだけかもしれない……）

新たに頼んだ酒を口に運びながら、森吉はまたそっと組木の顔を眺める。

（そりゃ男同士なんて考えたことはなかったから、抵抗はあった。でも、嫌悪感って言えるようなものは、そういえば、最初からなかったんだよなあ）

目が合って、組木がまた微笑んだ。そういう反応が、どうしても落ち着かないのに、悪くないとも思ってしまう。

「グラスもう空きますね。もう少し、飲みますか？」

「いや、あとは水にしておく。いい店に連れてきてくれて、ありがとう。こんな隠れ家的な店まで通い付けてるなんて、組木は日本酒詳しいんだな」

「通い付けてるわけじゃないんです、実は」

「そうなのか？」

「はい。森吉さんが最近日本酒が好きだって聞いて、いい店がないかと思って、探したんです。店の雰囲気も、このあいだ伺った自宅の雰囲気にも合ってそうだから、こういうところが好きなんじゃないかなと思って……」

「そうか、組木は、仕事以外でもそうやってちゃんと下調べして、準備するんだなあ」

森吉が感心して頷くと、組木が、珍しく変な顔をした。怪訝《けげん》そうというか、「何を言ってるんだこの人は」と言いたげな表情。

「もしかして誤解してるのかもしれませんけど、こんなふうにするの、仕事以外では森吉さんが相手の時だけですよ」

「え？」

「誰彼構わずそんな労力を使ったりしません。特別な人だから、特別に喜んでほしいっていう、それだけです」

「……そう……なのか……」

もう一度頷きながら、森吉は名状《めいじょう》しがたい気分を味わっていた。

いろいろな思いが混ざり合ってうまく表現できないが、そのうちのひとつは、間違いなく「嬉しい」というものだった。

（そうか。特別、か）

店の選択もさらりとこなす男だと思っていたのに、それが自分のために努力した結果だと知って、強い喜びが滲んでくる。

「色々知ってるって、通《つう》ぶって森吉さんを連れ回そうかと画策《かくさく》しかけたんですけどね、本当は。でもリサーチで飲んでるうちに、俺もやっと日本酒のうまさに気づいたにわかだから、ボロが出そうで。先に白状しておきます」

いじらしい、とも思う。自分のことを考えながらこの店を探して、自分が気に入るかどうか調べるために一人で訪れて、そうしてやっと連れてくることに成功して。

それを全部隠しておいて、通ぶった顔を貫くことだって出来ただろうに、馬鹿正直に教えてくれる。

敵《かな》わないな、と思った。自分だったら、絶対に水面下の努力なんておくびにも出さず、こんなこと当たり前にできるのだという見せかけで、いい気になっているだろうに。

「そうか……すごく気に入った。また来ような、この店」

「……はい。ぜひ」

組木が何気ない仕種で、テーブルの上に置いた森吉の手に触れる。

一瞬、わずかな力で森吉の手の甲を握った組木の指は、すぐに離れた。

やはり森吉は、嫌な気持ちにはならなかった。

けれども組木に好意を寄せられることを嬉しいと思いつつも、もう一方で浮かび上がってくる別の感情の正体に、森吉はやっと気づいた。

寂寥感《せきりょうかん》とか、そんなふうに呼べるものだ。

（特別な人って、そういえば、いなかったな。俺には）

家族は別格として、友人知人、上司、同僚、恩師、その全員に好意があるし、同じように好意を持ってほしいと思っている。

だが好意という以上に強い感情で誰かを思ったことはない。

恋人が出来ても『告白されたから』という理由でつき合っただけだ。誰のことも好きになれると思ったから、誰が相手でも頷いてきた。それが悪いとも思わない。

ただ――相手から特別に強い感情で思ってほしいと考えたことのなかった自分に気づいて、今さら、森吉は驚いていた。

恋人から別れを告げられて、悲しかったことがない。

（……俺、もしかしたら、ものすごい欠陥品《けっかんひん》なんじゃないのか？）

客観的に見れば、そんな男、普通じゃない。

「森吉さん？　大丈夫ですか？」

急激に悪酔いした気分になって俯《うつむ》く森吉を、組木が心配そうに覗き込んでいる。

「大丈夫……」

「真っ青ですよ。飲み過ぎたかな、水、もう一杯もらいましょう」

組木が頼んでくれた冷たい水を飲むと、少し落ち着く。新しいおしぼりももらい、「すみません」と断りながら、組木が森吉の額をそっと拭《ぬぐ》ってくれる。気持ちよくて、森吉の悪酔いはすぐに冷めた。もともと酒には強い方だ。

「優しいなあ、組木は」

おしぼりを受け取り、それに顔を埋めながら森吉は溜息交じりに呟く。

「森吉さんだからです」

まるで念押しするように言う組木の言葉に、笑ってしまった。

「わかった、わかった――」

「本気にしてくださいね」

組木の声音は真剣だ。いつだってずっと真剣で、まっすぐで、それが森吉にはもう嫌ではないし、嬉しい。

自分はもしかしたら生まれて初めて、ちゃんと人のことを好きになれるんじゃないかと、森吉はぼんやり考えていた。

◇◇◇

少し休むと森吉はすっかり気分がよくなったので、店を出ることにした。

午後十時前だが、明日も仕事がある。組木はしばらく気分を悪くしていた森吉を気遣っていたし、二軒目に行こうとどちらが言い出すこともなく、駅に向かった。

これまでも、いつもの店で軽く飲んで夕食を食べたら、すぐに解散という流れだったが。

(もう少しだけ、組木と話してみたい気がするな……)

しかしこれから飲み直しては、仕事に支障が出るだろう。

また明日にでも、たまにはこちらから誘ってみようかと、夜道を組木と並んで歩きながら森吉は考える。いつもは組木の方から森吉の予定を聞いて、食事に行っていた。

(土日は何となく避けてたけど……もっと時間をかけて、組木のことを知るのもいいのかもしれない)

さっきまでの悪酔いめいたものはどこへやら、森吉はほろ酔いのいい気分で、そんなことを考える。

駅まで辿り着き、改札をくぐる。路線が違うから、別々のホームに向かわなくてはいけない。どこか名残惜《なごりお》しい気分だ。

「別の日本酒バーも、調べてあるんです。よかったら、今度行ってみませんか」

森吉の隣で、組木も名残を惜しむように少し歩調を緩《ゆる》めながら、落ち着いた、静かな深い声で話している。

「そうだな。いろんなところ、行ってみようか」

食事だけじゃなくて、仕事絡みのセミナーやワークショップでもなくて、デートみたいなものを。

森吉がそう言おうとした時、不意に、隣を歩いていた組木の歩みが止まった。

「貴裕《たかひろ》！」

「えっ」

驚いて振り返ると、組木の腕を若い男が後ろから掴み、引っ張っている。

「ええと、知り合いか……？」

訊ねた森吉の声は聞こえなかったのか、組木はひどく強張《こわば》った顔で、自分の腕に縋《すが》りつく相手を見下ろしていた。

「離してくれ」

組木の声も硬い。相手の手を振り解《ほど》こうとしている。

「嫌だ。どうして電話もメッセージも無視するんだよ。ずっと探してたんだぞ」

「どうしてって。自分が一番その理由をわかってるだろ」

組木は相手から顔を逸《そ》らして、視線を遣ろうとしていない。

森吉はどうしたらいいのかわからず、仲裁《ちゅうさい》に入ることもできなかった。通りすがるまばらな人たちも、酔っ払いのもめごとだとでも思っているのか、遠巻きになって関わらないようにしている。

「話くらい聞いてくれたっていいだろ！」

「聞きたくない」

「貴裕！」

「――すみません、行きましょう」

喰い下がる相手を無視して、手を振り解き、組木がそっと森吉の背を押した。森吉は戸惑いつつ、促《うなが》されるまま歩き出す。

「何だよそいつ！　もう新しい男作ったのかよ！」

今度は腕に強い力がかかって森吉が驚いて振り返ると、男が間近でこちらを睨んでいた。

「やめろ、いい加減にしてくれ」

組木が男を押し遣り、森吉をかばうように肩を引き寄せ、森吉はまたされるまま、組木に抱き寄せられるような格好になった。

組木の肩越しに見えた男は、手酷《ひど》く傷ついたような顔で組木を見ていた。

「……これ以上軽蔑させないでくれ。お願いだから」

男の表情が見る見る崩れ、ぎゅっと唇を引き結んだあと、森吉たちに背を向けると、改札の方に駆けていく。

その背を見送る組木の表情も辛そうだった。深く溜息を吐いている。

「……すみません。不快な目に遭わせて」

「いや、俺は、何ともないけど。……組木の方が、大丈夫か？」

組木は今まで見たことがないくらい疲れた表情になっていた。

そのまま放って帰る気にはなれなかったので、森吉はひとまず組木が乗る路線のホームに上がって、ベンチに座らせた。自分もその隣に腰を下ろす。

「みっともないところを見せて、申し訳ありませんでした」

もう一度組木が謝り、森吉は気にするなというように、ただ首を振った。

黙り込んでしまった組木が、少し経ってから、もう一度深く溜息を吐いた。

「さっきの、もうわかると思うんですけど。以前つき合っていた恋人です」

「……三股の？」

薄々そうではないかと思っていた森吉が遠慮がちに訊ねると、組木が苦笑して頷く。

「はい。まいったな、こんなところで会うとは思わなかった。家も勤め先も全然違うはずなのに。……二度と会いたくなかったのに」

組木はすぐに苦笑を消して、ぎゅっと眉間に皺《しわ》を寄せた。

辛そうに見えるのは、怒りを堪《こら》えているからだと、隣で見ている森吉は気づいた。

「自分が勝手に他の男と浮気しておいて、どうして無視するのかって。あり得ないですよね」

軽々しく相槌《あいづち》を打つこともできずに、森吉はただ隣で黙って組木の声を聞く。

「別れ話はちゃんとしました。俺はそういうおまえのことを心から軽蔑する。二度と一緒にいることはできない。何があっても気持ちが戻ることはないって」

言葉にも、怒りが滲《にじ》んでいる。裏切られて傷ついて、怒りを感じた当時の感情が、生々しく蘇《よみがえ》っているようだ。

「最初に約束したんです。絶対に浮気はしないって。他に好きな人ができたら必ずそう言う。騙《だま》すようなことはしない。心変わりは仕方がないけど、裏切るのだけは許せないから……」

膝の上で、ぎゅっと組木の拳《こぶし》が握られている。

(……やっぱり、俺とは、全然違う)

ほぼ自然消滅した高校時代の恋人に、自分の他に相手がいることを、森吉は知っていた。知っていたが気にならなかった。むしろ、彼女がひとりぼっちにならないのならその方がよかったと、本気で考えていた。そしてものすごく正直なことを言えば、揉《も》めて愁嘆場《しゅうたんば》になることを考えると気が重かったので、知らないふりを貫いた。

彼女の方は思わせぶりに他の男の存在を匂わせて、自分の気を惹こうとしているのが、本当はわかっていたのに。

卒業式が終わってのびのびした気分になった自分と、裏切られて怒りを隠せない組木と、あまりにはるかな隔《へだ》たりがある。

「今さら未練を見せられたところで、気分が悪くなるだけです。森吉さんにまで汚いものが移ったみたいで……すみません」

「俺は、大丈夫だって」

安心させるように笑いながら、森吉は少しうそ寒いものを感じていた。

汚いもの、と組木は言い切った。一時期は好きだった恋人のことを。裏切られて傷ついて、それがすべての理由ではないにしろ会社を辞めるところまで思い詰めた相手のことを。

「……どうしても無理なんです。嫌悪感で吐きそうだ。せっかく……森吉さんと、いい時間が過ごせていたのに」

組木は片手の甲で額を押さえ、俯いてしまった。

「すみません、先に、帰ってください。頭を冷やします」

組木自身、相手を悪く言うことですっきりするわけでもなく、むしろそのたび傷ついているように見える。

森吉は何もかける言葉が浮かばず、一度ベンチを立つと近くの自動販売機で冷たいコーヒーを買い、組木の手に持たせた。

顔を上げて、組木が力なく笑う。

「……ありがとうございます。おやすみなさい」

「うん。気をつけて帰れよ、おやすみ」

森吉はそっと組木に微笑み返して、そのそばを離れた。

帰り道、店で嬉しそうに笑っていた組木の姿と、別れた恋人に憤《いきどお》る組木の姿と、ベンチで俯く組木の姿と、さまざまなものが森吉の脳裡《のうり》を巡っていた。

4

翌日出社した組木《くみき》の様子は、普段とまるで変わらなかった。

朝一番に森吉《もりよし》と顔を合わせた時は、少しだけ気まずそうな、決まりの悪そうな表情で笑っていたが。

その日は組木から食事の誘いはなかった。まだ気持ちが荒れているのだろうかと、森吉も落ち着かない。

自分の方から無理にでも飲みに連れていくべきかとも考えたが、しかしこの話題に自分が嘴《くちばし》を挟んでいいとも思えず、ぱっとしない気分で一人会社を出る。

今日は食事当番でもないし、まっすぐ帰る気も起きない。誰かに声をかければすぐにでも集まってくれるだろうが、それも気が向かず、一人で飲むことにして、ひとまず会社最寄りの駅から電車に乗った。

複数の路線が乗り入れている駅で適当に降りたものの、駅前は人が多すぎてどこも混んでいたし、一人で気軽に入れそうな店がなかなかみつからない。結局歩き回るのも億劫《おっくう》になって、目についたチェーン店のカフェに入った。

カウンターで適当にコーヒーと軽食を注文して席に座り、それらを口に運びながら、「組木は大丈夫だろうか」と考える。

（よっぽど腹が立って、よっぽど傷ついたんだろうなあ……で、よっぽど好きだったんだろうな……）

感情的な組木の姿を実際に見るまで、彼がそんなふうに荒れる時があると、想像をしたこともなかった。

（……それを羨《うらや》むのは、人としてどうかしてるよな）

自分が本気で人を好きになったことがない欠陥品《けっかんひん》だ、と思い至ってしまってから、森吉には組木が眩《まぶ》しかった。

自分よりも仕事ができるとか、向上心があるとか、容姿に恵まれているとか、そんな人はいくらだっている。そういう人たちのことを尊敬はしていたけれど、羨んだり、眩しく見えるなどということは、これまで一度もなかった。

（どんな気持ちなんだろう……）

想像もつかない。これまで人に裏切られたことがなかったわけではないが、少し悲しかったり、残念に思うことはあっても、「俺にも問題があったんだろうな」と結論づけて、あとに引き摺《ず》らずにいられた。

それを悪いことだとは思わないのに、やはり、自分は薄情であったり、どこかがおかしいのではないだろうかと、不安になってくる。

少し塞《ふさ》いだ気持ちになって考え込んでいた時、隣でガタンと大きな音がしたので、森吉は驚いて伏せていた目を上げた。

カフェの制服を着た店員が、空いた席の椅子を直している。苛《いら》ついたような仕種で音を立てているので聞き苦しく、もう少し丁寧にできないものだろうかと思いながら何気なく相手の顔を見上げて、ぎょっとした。

慌てて顔を伏せようとしたが、遅い。相手も自分を見ている森吉の視線に気づいて、そのまま、大きく目を見開いた。

「……あんた……昨日の……」

似た人間だろうかと疑う余地もなく、相手が呟く声が聞こえてしまった。

どういう偶然だ、と森吉はひたすら動揺する。カフェの店員は、昨日の晩に会ったばかりの、組木の元恋人だった。

相手もうろたえていたようだったが、すぐに決心したように、森吉の方に身を屈《かが》めた。

「――あと十五分くらいで、シフトが終わるから。少し、話せませんか」

勿論森吉に、彼の話を聞く理由はひとつもない。

「……わかった」

なのに迷わず頷いてしまったのは、相手がすでに泣きそうな、あまりに思い詰めたような顔をしていたので放っておけない気分になったのと――興味を捨てきれなかったからだ。

組木が好きになって、組木が感情を乱すほど傷ついた相手が、自分にどんな話があるというのか。

多分関わり合いにならない方がいいんだろうな、と薄々予感しながらも、森吉は大人しく、彼を待った。

◇◇◇

森吉が軽食とコーヒーを片付けた頃、制服から私服に着がえた彼が、再び座席に現れた。

自分の勤める店で込み入った話をするのは憚《はばか》られたのだろう、森吉は彼の案内で、別のカフェへと移動した。

彼は笹尾《ささお》と名乗った。二十代前半に見える男で、特別整った容姿ではなかったが、丸顔でどことなく可愛げを感じさせる雰囲気だ。

(これが、あの組木に三股をかけた男か)

正直なところを言えば、あまりぴんとこなかった。服装も髪型もどちらかと言えば地味で、組木を手玉に取るような悪辣《あくらつ》さなど少しも感じさせない。

「それで、話って?」

二人掛けの座席に向かい合って落ち着いてから、森吉の方から声をかける。

すると笹尾は、森吉に向かって深々と頭を下げた。

「昨日は……すみません。あなたにまで、乱暴に詰め寄ったりして」

消え入りそうな小声は、本心からの謝罪に感じられた。やはり、意外だ。森吉には、おとなしい、普通の好青年にしか見えない。

「俺は気にしてないから、君も気にしないでください」

ひどく面罵《めんば》されたわけでも、怪我をさせられたわけでもない。森吉がそう言うと、笹尾はもう一度「すみません」と小さな声で言ってから、泣きそうな顔で頭を上げた。

「今日も、急に声をかけたりしてすみませんでした。今日はたまたまなんです。まさか昨日貴《たか》裕《ひろ》と一緒にいた人と、また会うなんて思わなかった……」

「今日は……っていうことは、昨日は、偶然じゃない？」

訊ねた森吉に、笹尾が俯《うつむ》きがちに頷く。

「連絡先は全部断《た》たれてたけど、共通の友達からあの駅の辺りで姿を見たって聞いたから。会えるかもと思って、たまにうろついてて……」

深々と、笹尾が一度溜息を吐いた。

「ただ、謝りたかっただけなんです。ずっと、後悔してて……あの、俺のこと、あいつから聞いてますか」

おそるおそる、という風情《ふぜい》で問われて、森吉は頷いた。笹尾が再び大きく息を吐き出す。

「本当に、馬鹿なことした。貴裕のこと好きだったのに、裏切るような真似して、あれから後悔しない日なんて一度もない」

笹尾は涙声になっている。やはり後悔は本物らしい。

「浮気がばれた時、意地張って謝れなかったから、ちゃんと謝ろうと思ってずっと居場所を探してたんだ。貴裕は俺のことすごく大事にしてくれたから、どうせすぐ許してくれるだろうと高括《たかくく》ってたら、知らない間に引っ越してて、会社まで辞めたっていうし」

とうとうボロボロと涙を落とし出した笹尾の話を、森吉は無言で聞いた。気安く相槌《あいづち》を打てる雰囲気ではない。

「馬鹿みたいに、思い上がってた。俺なんかを貴裕が好きになってくれたのだって、奇蹟みたいなものだったのに……俺、見てわかるだろうけど、不細工じゃないですか」

「いや、そんなことはないと思うけど」

さすがにこれには森吉がすぐフォローを入れるが、笹尾は強く首を振って、濡れた目で森吉を見た。

「昨日貴裕の隣にいるあなたを見て、ああやっぱり、って思った。あんな格好いい奴の隣には、やっぱこのくらい格好いい人じゃないと釣り合わなかったんだって。気まぐれで好きになってもらえたのに、どうして自分が貴裕と同じ位置に立ってるなんて勘違いできたのか……」

笹尾の言葉は自虐的すぎる気がしたが、そこを慰めても今は聞き入れないだろうし意味もないだろうから、森吉は再び黙って相手の話を聞く。

「俺、ずっとモテなくて、女の子には興味ないけど男の友達すらろくにできなくて、就職してからもイジられキャラみたいな感じで、まあ人生こんなもんだなって思ってたんだけど……貴裕に会って、好きだって言ってもらえて、人生が百八十度変わったんです。俺が知らないいいところ、貴裕にたくさん教えてもらえて、ずっとコンプレックスまみれだったのが、褒められたり叱られたりしながら、マシになってきて。貴裕に好かれる自分がすごく上等な人間になったような錯覚持っちゃって、遊び半分で出会い系アプリ使ったり、声かけてきた人と遊んだり……しちゃって……」

今は萎《しお》れた草のように小さくなっているが、組木に愛されて、花が咲き誇るように生き生きとしていたのかもしれない、と森吉は想像する。たしかに組木と比べてしまえば、笹尾の容姿は劣るかもしれないが、笑えばきっと愛嬌《あいきょう》があるだろうし、それが自信に裏打ちされた笑顔なら人目を惹くだろう。

（組木にみつめられて、笑いかけられたら、まあ舞い上がりもするよなあ……）

ほんの少しだけ、森吉は笹尾に同情した。

裏切ったことは当然ながらいただけないが、劣等感にまみれた青年が、組木に見いだされて価値観を変えてしまうのは、仕方がない気もする。

組木が肯定的な言葉しか口にしなかったであろうことは、想像に難《かた》くない。俺なんか不細工だから、と笹尾が泣けば、可愛いし俺は好きだよと、微笑んで言い聞かせるだろう。

「……ん？」

それを想像した時、森吉は胃の辺りがもやもやして、首を捻《ひね》った。さっきの店とこのカフェと、コーヒーを飲みすぎただろうか。

「貴裕はいつだって優しくて、デートとかセックスとか夢みたいに楽しくて気持ちいいばっかりで、自分がお姫さまにでもなったみたいな気分だった……」

というか、この店のコーヒーがまずい。飲み過ぎたと思いつつ、手持ち無沙汰《ぶさた》でカップを口に運んだが、砂でも噛んでいる気分になってしまった。

「なのに俺が自分の手で全部ぶち壊しにしてしまった。……聞いてください、俺と貴裕が出会ったのは、俺がその頃勤めていた家電ショップの店頭だったんですけど」

笹尾の話は続く。昨日の非礼を森吉に詫《わ》びたいというのも本心だったのだろうが、今はとにかく、誰かに話を聞いてほしいという様子で吐き出し続けている。

ただ話をしてすっきりしたいだけという人の愚痴《ぐち》や恨み言、悩みを聞くことを、森吉がこれまで嫌だと思った時はなかった。話して楽になるなら、いくらでも聞き役に徹してやろうと思えた。

なのに今は、少しうんざりしている。

「いかにもモテそうなイケメンが来て、俺はそういうタイプ大嫌いだから、商品のことで声をかけられた時にわざと『そんなことも知らないのか』みたいな態度だったのに、貴裕は俺の言うことすごく真面目に聞いて、真面目に質問してくれて――」

笹尾自身、自分が何を話して、どうしたいのか、すっかり見失っているのだろう。途中から単なる思い出話、惚気《のろけ》話になっている。いかに組木が優しかったか。再び店に現れて声をかけてくれた時、どんなに嬉しかったか。生まれて初めてのデートでどれほど完璧にエスコートしてくれたか。

「……そんな貴裕を、俺は裏切ってしまって……」

話は一周して、最初に戻る。

笹尾は泣き濡れた顔で、縋《すが》るように森吉を見た。

「一言、どうしても、謝りたくて……、……あの、こんなこと、貴裕の新しい恋人であるあなたに頼むのも、どうかしてると思うんですけど」

「いや、俺は」

恋人ではない、と答えようとして、森吉は言葉に詰まった。

一応は、つき合っていることになるのか？　あくまで試用期間だから自分としては恋人関係になったつもりはない――という説明を、森吉は飲み込む。

そんな回りくどい説明は必要ない気がしたのが一番だが、その他にも、ただ『言いたくない』という気持ちのせいで、言葉にできない。

「お願いします。お願いします、よりを戻そうとか、そういうんじゃ絶対にないから。謝りたいだけなんです。一言でいいから、ごめんって、自分の口で伝えたくて……お願いします」

泣きながら、テーブルに頭を擦《こす》りつける勢いでそう繰り返す笹尾を、森吉はどうしても無下《むげ》にはできなかった。

言い知れないもやもやしたものがずっと胃の腑《ふ》の辺りにわだかまっているのに、それよりも、必死な笹尾の姿が気の毒すぎて、何とかしてやりたいと思ってしまう。

「――わかった。話すだけ話してみるから、そんなに泣かないでくれ」

「……！」

ぱっと顔を上げた笹尾は涙でぐしゃぐしゃになりながら、嬉しそうに笑っていた。

その様子がひどく可愛らしい。組木は笹尾のそういうところに惚れたんだろうか、と考えたら、胃の辺りが今度はギリッと痛んだので、森吉はほとんど口を付けなかったコーヒーを残し、笹尾と別れて家に帰った。

◇◇◇

さり気なく笹尾の話題を出した瞬間、まるで組木の全身にびりっと電気でも走ったような気がした。

「すみませんけど、その話は、したくないです」

けんもほろろに、という表現がぴったりな表情と声音で、組木が森吉の言葉を遮《さえぎ》る。

昼時、森吉から社員食堂に組木を誘って、世間話のついでという態《てい》で「この間会った彼」と言っただけだったのに。

「二度と会うこともない人なので、森吉さんも忘れてください。記憶に留めておく必要もない」

素っ気ないという以上に冷淡な口調で言う組木に、森吉の背筋が少しひやりとした。

——取り付く島がない、ということを笹尾に伝えると、電話の向こうで泣き声が聞こえてきた。

『やっぱり……駄目なんですね、俺には、もう貴裕の視界に入る価値すらないんだ……』

笹尾はあっという間にネガティブな谷底に落ち込んで、啜《すす》り泣きながら、自分の駄目なところを羅列《られつ》し出す。

『貴裕との思い出が辛くて家電屋も衝動的にやめちゃって……正社員で、いずれは経営の方に回れるかもっていう話だったのに……仕事すら満足にできない……』

「でも今は、あのカフェも含めてちゃんとアルバイトもしてるんだろう？」

『全部時給の安い、高校生とか大学生がやるようなバイトばっかりですよ。そもそも俺、接客向いてないし。他に向いてるものがあるわけでもないし……』

笹尾の話は自分の生《お》い立ちから家庭環境、小学生の頃に受けた壮絶なイジメに遡《さかのぼ》り、森吉は根気よくそれを聞いた。

（いや、俺、何やってんだ？）

これまで誰の話を聞いても感じたことのない、げんなりした気分を味わう。

笹尾と似た境遇で、育った環境のせいで前向きになれず、何をやってもうまくいかないという人から相談を受けたことがこれまで何度もあった。そのたびに森吉はまず相手の肚《はら》に溜まっているものを全部吐き出させ、繰り言《くりごと》と呼べるような言葉の中から相手が本当に望んでいることを探し出し、前向きに人生を過ごすための目標を見つけられるように水を向けた。目標がはっきりすればそこに至るために必要となる具体的な手順、たとえば資格を取るとか、病院の予約を取るとか、害をなす相手から逃げる方法だとか、気晴らしのためにただ遊ぶとか、そういうことについて親身になって考えてきた。

笹尾に対してもそうした。アルバイトが不安ならば、再就職のために何をしたらいいのか。そもそも笹尾が何がしたくて、何が得意なのか。

そんなことを、何日もかけて話し合い、毎日夜遅くまで電話を繰り返した。まったく本当に、自分は一体、何をやっているのか。笹尾に対してではなく、そういう自分に対して森吉はげんなりする。

「森吉さん、最近全然電話が繋《つな》がりませんけど、壊れたりしましたか？」

組木とは相変わらず数日置きに食事に行っていたが、それ以外の夜に電話が繋がらず、メッセージの返事もないことをさすがに不審に思われたのだろう、仕事の合間に、訝《いぶか》しそうに訊ねられてしまった。

「悪い、知り合いからずっと相談受けてて、毎晩話し込んでるんだ」

嘘はついていないが、そう答える時に勿論《もちろん》森吉はひどく後ろめたい気分になった。

（でも、うまくしたら笹尾君が前向きになって、新しい仕事を見つけて新生活で忙しくなって、組木に対する執着が消えるかもしれない）

言い訳がましいとどこか自分でも思いつつ、森吉は自分をそう納得させていた。

森吉の寝不足と引き替えに、笹尾はアルバイトを続けながら情報管理を学ぶスクールに通い始め、一週間も経つ頃にはバイトとスクールの愚痴は増えたが、電話口で泣くことは減っていった。

『ありがとう、森吉さん……全部駄目だって腐ってたけど、スクール終わったら、就職活動も頑張ってみる』

「よかった、頑張れ。すぐには決まらなくても、気長にやっていこうな」

『どうして俺、貴裕と一緒にいた時にこういうふうにできなかったんだろう。貴裕は、俺には接客業より、パソコンと向き合うような仕事の方が合ってるって言ってくれてたのに』

泣かなくはなったが、笹尾の口から組木の名前が出なかった日は一度もない。

『それで、ちゃんと就職できてからでいいんだけど……貴裕に、会えないかどうか、やっぱ改めて聞いてみてくれないかな』

森吉はこっそり溜息をついた。以前組木が笹尾の話題に拒否反応を示したあと、森吉は笹尾本人にはそれを告げず、ただ「まだ無理だと思う」と曖昧《あいまい》に断っていた。

このまま組木のことを忘れてくれればと思ったが、そもそも笹尾が自分を変えようとするモチベーションが「組木に恥じない自分になりたい」であることを、森吉も気づいていた。うまく行き始めたら、会いたいと言い出して当然だ。

『本当に、森吉さんに頼むようなことじゃないとは思うんだけど……』

少しだけ葛藤《かっとう》して、森吉は請け合った。

「わかった、駄目かもしれないけど、一度聞いてみるよ」

もはや乗りかかった船だ。組木だって鬼じゃないんだから、情に訴えたらほだされないとも限らない。

(……だって、一度は好きでつき合った相手だぞ。裏切られて傷つくくらい好きだった相手なんだぞ)

笹尾は何度も森吉に礼を言って電話を切った。

無理かもしれないとは念押ししたが、笹尾の喜びように、森吉は気が重たくなる。

「どういう顔で、どういうふうに切り出せばいいんだかなあ……」

笹尾との約束を森吉はすでに後悔していた。

◇◇◇

それでも、約束は約束だ。森吉は翌日の仕事が終わったあと、今でもよく訪れる水槽のある飲み屋に組木を誘った。

組木はいつもどおり穏やかに笑っていたが、食事の最中、重たい気分のまま森吉が笹尾のことを切り出すと、あっという間に顔を強張《こわば》らせた。

「どうして森吉さんが、あいつが会いたがってるなんてことを、俺に伝えるんですか」

その質問はもっともだ。

「街中で、偶然笹尾君と再会したんだ。それで少し、話をして」

「そんなの、初めて聞きましたよ」

「言い辛《づら》かったのはわかってくれ。そもそも組木は聞く耳持たなかっただろ、最初に笹尾君のことを話そうとした時」

「……」

その時のことを思い出したのだろう、組木が硬い表情のまま口を噤《つぐ》んだ。

「組木が怒るのも無理はないと思うけど、笹尾君は今、一生懸命変わろうとしてるんだ。他の男とも全員手を切ったって言ってた。それで、前の勤め先は辞めてしまって今はアルバイトだけど、組木に言われたとおり自分に合った仕事に就《つ》くために、一生懸命頑張ってる」

自分がどうして笹尾を弁護するような言葉を重ねなくてはならないのか、喋《しゃべ》っているうち、森吉にはよくわからなくなってきた。

気が進まないことをしているせいか、喉が詰まるような感じがする。胃の辺りもまたもやもやしていた。今日はコーヒーを飲んでいるわけでもないのに。それとも、たかが最初のハイボール一杯で悪酔いしたのか。

「何も許せって言ってるわけじゃない。笹尾君はそれもう覚悟してると言っていた。一言、謝りたいだけだと」

「そんなのは自己満足だ」

森吉に答える組木の声は、またひやりとするほど冷たかった。

「俺はもう終わったことだと思ってます。無意味ですよ」

「終わったことだって思ってるなら、少しの時間会うくらい構わないだろ？」

「許せないのがわかってるのに謝罪を聞かなくちゃいけないって、何の拷問《ごうもん》ですか」

「一度は好きだった相手だろ、少しくらい融通《ゆうずう》をきかせてやれよ」

「好きだったからこそ許せないんです」

予想していたとおりの答えが返ってきてしまう。覚悟はしていたが、組木の意思はあまりに強固だった。

「じゃあどうしたら許してやれるんだ」

「――最初から間違わなければいい」

きっぱりと言った組木に、森吉は返す言葉を失った。

（それじゃあ結局、たった一度だけでも失敗したら、どう足掻《あが》いたって挽回《ばんかい》できないじゃないか）

急に、怖くなってきた。

（完璧主義すぎやしないか）

話しているのは笹尾のことなのに、森吉はまるで自分が責められているような気分になってくる。

「誰だって一度くらい間違うことはあるんだ。許せとは言ってないだろ、相手のために、少しだけでも気持ちを汲《く》んでやることすらできないのか」

「その一度が許せないと、何度も言ってます」

「組木は自分が何でも完璧にできるからって、人に対しても高望みしすぎじゃないのか」

「そんなに大それた望みでしょうか。森吉さんは約束を破ったりしますか？　自分の欲だけのために」

森吉ならそんなことをするはずがない、という組木からの意思を感じて、森吉はまた口を噤む。

それが信頼であったとしても、だからこそ、森吉はますます怖くなった。

（そりゃあ、浮気するかしないかって言ったら、これまでしたことないし、するとも思えないけど）

一度でも組木の理想から外れてしまえば、笹尾が今そうされているように、すべてを否定して、話すら聞いてもらえなくなるのか。

（フォローすることすら許されないのか？　じゃあ……俺が本当は組木が思ってるような人間じゃないってわかったら、その時点で全部終わるのかよ）

それはそもそも、森吉が望んでいたことだったはずだ。

要領と見栄で立ち回って、格好つけているだけの自分を組木が知れば、幻滅して、離れていってくれるだろうと。

――なのに今は、そうなることについて考えると、辛い。

笹尾に向けたような眼差しを自分に向けられたらと考えるだけで、気分が塞《ふさ》いでくる。

「今度は、絶対に裏切らない人を好きになろうと思ったんです」

組木の言葉は追い打ちだった。

「どうして森吉さんが、他の人と俺を取り持つような真似をしようとするんですか」

「……」

悲しそうに言われて、森吉は今さら、自分がどれだけ組木にひどいことをしているのかを自覚した。

笹尾が気の毒だから、という理由で。何とかしてやらなければという勝手な親切心で。

組木が憤《いきどお》っていることも傷ついていることも二の次で、話せばわかってくれるだろうと甘く見ていた。

「……組木、俺は、おまえが思ってるような人間じゃないよ」

見抜かれる前に、自分で暴露して、できるかぎりダメージを減らしたい。

(俺は本当に、どこまでも)

泣きたい気分で森吉は組木から目を逸らし、顔を伏せた。

「もうやめよう。試しにつき合ってみるって言ったけど、もう答えは出たと思う。無理だ」

「――森吉さん」

組木が強張った声を出す。

「待ってください。意味がわからない。今そんな話でしたか?」

森吉は顔を上げられなかった。組木が森吉の方へと身を乗り出してくる。

「俺に何か駄目なところがあるなら、ちゃんと言ってください」

「組木に原因があるわけじゃない。俺が駄目なだけだ。おまえと俺じゃ、うまくいかないよ。

釣り合わない」

「……森吉さんでも、ありきたりな言葉を使うんですね」

森吉さんでも、と。組木はまだ自分を美化している。それがどうしてこんなに辛いのか、森吉は自分でもよくわからない。

「はっきり言ってもらった方がよかったです。……森吉さんが男の俺に告白なんてされて、戸惑ってるのは最初からわかってました。あいつとの生々しい痴話喧嘩を見て、男同士なんてって、引いちゃいましたか？」

組木は森吉の意図とは違う方で、森吉の言葉を捉えてしまった。それに気づいて森吉は焦る。

「違う。そういうことじゃない」

「じゃあやっぱり、俺自身の言葉や行動に問題があるっていうことじゃないですか？」

「そうじゃないんだって。おまえが、俺なんかよりも完璧で、間違わないから」

「そういう言葉で誤魔化そうとするのはやめてください」

そんなに悲しそうな顔をしないでほしい。組木を傷つけたいわけではなかった。

（ただ俺が、傷つくだろうっていうことに、耐えられないだけで）

「組木ならもっと似合う人が――」

「だから、そういうのはやめてください！」

組木が声を荒らげ、森吉は身を竦《すく》めた。

「本当のことを言ってください。俺に駄目なところがあれば直します。男だっていうことが理由じゃないなら、それ以外のことは、絶対に直しますから」

喰い付いて離さない勢いで言う組木に、森吉は驚いた。

「何も……そんな必死に……」

「好きなんだから必死にもなりますよ！」

苛立《いらだ》ったように、日頃の穏やかさも冷静さもすべて吹き飛ばし、組木がまた声を荒らげる。

(形振《なりふ》り構わずにいても、やっぱり組木は、格好いいな)

組木の姿は、まるでテレビや映画の世界にいる人間のように、森吉の目に映った。

(……やっぱり、駄目だ。無理だ)

組木の一途《いちず》さに、自分は釣り合わない。

「ごめん。本当に、俺の方の問題だから」

森吉はそれだけ言うのが精一杯だった。

「森吉さん」

荷物を持って、席から立ち上がる。財布から紙幣《しへい》を掴んでテーブルに置き、足早に組木の元から離れる。

「森吉さん！」

腰を浮かせる組木を振り切って逃げようと思ったのに、縋《すが》るような声に森吉はつい振り返ってしまった。

「組木なら、俺なんかよりもっとずっと相応《ふさわ》しい人がいるよ」

「……」

組木が何かを言おうとして口を開くが、それを飲み込むと、また椅子に座った。

「……そんな月並みな言葉で」

今度こそ店を出ようと歩き出す森吉に、組木の押し殺したような呟きが届く。

組木はやっぱり、自分のことをいいように見過ぎていると、森吉は改めて思う。「俺なんか」という言葉を謙遜《けんそん》にしか受け取ってもらえない。

(だからやっぱり、駄目だ)

ひどく情けない気分で、森吉は組木を残し、逃げるように店を出て行った。

◇◇◇

とはいえ勤め先が一緒なのだ。翌日、森吉は会社で当然のごとく組木と顔を合わせた。

「……おはよう」

「……おはようございます」

無視するのも、周囲からおかしく思われるだろう。森吉がなるべく普段どおりになるよう挨拶すると、組木は森吉からわずかに目を逸らした。

組木は見るからに覇気《はき》がなかった。彼の方も、普段と変わらない態度で業務に当たろうとしているようだったが、表情は冴えず、寝不足なのか目許が腫《は》れぼったいし、気がつけば溜息を漏らしている。

森吉も同じような状態だった。

違うのは、組木は一切森吉の方を見ようとしていないことだ。

淡々と仕事をこなす組木に、上司が困ったように声をかけたのは、午後になってからだ。

「組木、この書類全部、フォーマットが古いやつのままだぞ。おまえが新しくしたんだろう、すぐに直してくれ」

「あ――申し訳ありません」

上司と組木のやり取りは些細《ささい》なものだったが、森吉は驚いて彼らの方を見たし、他の社員たちもひそかにざわついた。

「珍しいな、あいつがそんな初歩的なミスとか」

誰もが同じことを思っていただろう。重要な書類を扱う部署だから、繰り返しの確認は怠《おこた》らないように言われているし、組木は言われなくてもきちんとできていた。

(……俺のせいか)

組木に、余計な心労をかけて、仕事の足を引っ張ることになってしまったかもしれない。

組木は上司から受け取った書類を自分のデスクに置くと、険《けわ》しい顔でそれを見下ろしてから、オフィスを離れて廊下の方に出て行った。

森吉はどうしても気になって、そっとそのあとを追う。

フロアの片隅にある休憩スペースに組木はいた。据《す》えられたベンチに座ることもせず、自動販売機で飲み物を買う様子もなく、壁に寄り掛かって廊下に視線を落とし、考え込む顔をしている。

「——組木」

遠慮がちに声をかけると、組木がはっとしたように顔を上げる。

「大丈夫か？」

訊ねた自分を見返す組木が、ひどく驚いたような、信じられないものを見るような目をしていたので、森吉は戸惑った。

「修正、手伝うよ。新しいフォーマットに差し替えればいいだけだろ、量は多いだろうけど、手分けすればすぐに終わるし」

「やめてください」

森吉から目を逸らして、突き放す口調で組木が言った。あまりにもはっきりとした拒絶に、今度は森吉の方が面喰らう。

「え……」

「俺のミスだから俺がやります」

「でも、俺にもわかる作業だし」

組木が、大きく溜息を吐いた。その音に森吉はやたら身が竦んで、口を噤む。

「もしかしたら俺は今見るからに落ち込んでるかもしれませんけど、すぐに、自分で立ち直りますから。どうか放っておいてください。——失礼します」

小さく頭を下げると、森吉を置いて、組木が休憩スペースを去っていく。

「……」

森吉はもう組木に声をかけることもできず、ぼんやりと、しばらくその場で立ち尽くした。

◇◇◇

「おまえには人の心がないのか」

組木に拒絶されて以来、気分が沈んで、あまりに沈み過ぎて帰宅してからもぼんやりしていると、末弟《まってい》の庸介《ようすけ》に「鬱陶《うっとう》しい顔をするな」と叱られた。

他に吐き出せる相手もいないので、組木とのことをまた弟に漏らすと、呆れきった声で罵《のの》られてしまった。

「何だよ、人の心って」

「対応としては最悪だろ、何考えてんだ」

「ミスした後輩をフォローするのは、先輩として当然だろう？」

「屁理屈《へりくつ》を超えたクソ理屈だ、馬鹿。慧兄《けい》、その人のこと振ったんだろ。そのせいでその人が落ち込んで仕事で失敗したんだろ。なのに当の原因がフォロー入れようとするとか、よくもまあそんな残酷なことができるな」

それこそ糞味噌《くそみそ》な言い様だ。森吉はさすがにむっとした。

「じゃあ放っておけっていうのか」

「そうだよ。放っておく以外に選択肢があるわけないだろ、慧兄は本当に人の心がないな。何か怖くなってきた、これが自分と血の繋がった兄貴か……」

うそ寒そうな仕種で自分を腕で抱く弟に、森吉は眉を顰める。

「その後輩のことが心配なんだよ、俺は」

「だから、慧兄が心配する筋合いはないっていうか、世界で一番心配しちゃいけない存在なんだよ。放っておいてくれって直接言われたんだろ、だったら放っておく以外に慧兄に出来ることなんかないんだっての。自分から触りに行くとか、どうかしてる」

弟の言葉を、森吉はちっとも納得できなかった。

「いいか、普通の人類は、振られた相手に同情されたら、余計に傷つくんだよ」

庸介の声音も眼差しも、徹頭徹尾《てっとうてつび》呆れきったものだ。

「好意がないなら放っておいてやれ」

「……嫌だ」

「は⁉」

「あんな組木を見てるのは嫌だ。助けてやりたい」

「おまえ、人の話聞いてる？　助けてやりたいとか何様目線だよ、放っておくのが相手にとって親切なんだって。第一その人、元々仕事ができる人なんだろ。別に慧兄が力になんてなってやらなくても、そのうち勝手に立ち直るんじゃないのか」

「……それも嫌だ……」

「は？　何て？」

「もしかして、元の先輩後輩にも戻れないのか？」

今まで決して自分に向けられたことのない、拒《こば》むような組木の態度を思い出すと、森吉は寒気を感じる。

「元どおりになるわけないだろ、慧兄とその人の状態で」

「これまで告白されて相手を振った時も、普通の友達として、未だにつき合いのある子だっているのに」

森吉の言葉を聞くと、庸介がなぜか頭を抱えてしまった。

「あのさあ慧兄、それは、相手がものすごく努力してるからだとか、考えたことないのかよ。振られてもせめて友達でいたいから、キツいのに頑張って笑ってるとか」

「……」

考えたことがなかった。他に彼女がいる、受験だから、仕事が忙しいからと、丁寧に話をして断りを入れたら、相手は納得して引き下がるのだとばかり思っていた。

「何かマジで慧兄のこと怖いんだけど俺……どんだけ他人に関心がないんだよ」

欠陥品、と自分でも気づいた言葉が頭を過《よぎ》り、弟の呆れを通り越して悲しそうな顔諸共《もろとも》、森吉の胸を抉《えぐ》る。

「だから俺、慧兄のこと時々すごく嫌なんだよ。タチが悪くて。何でもかんでもうまくやれて、必死になったこととか一度もないだろ」

今度の庸介の言葉は、森吉には少し意外だった。

「おまえが俺のこと嫌ってるのは、俺が見栄っ張りのええかっこしいだからだと思ってた」

「慧兄、どうして自分がいつも彼女から別れ話を持ちかけられる方なのか、考えたこともないだろ。円満終了だと思ってるのが透けて見えるけど、多分、違うからな。慧兄が彼女も友達も分け隔《へだ》てなさすぎて、虚《むな》しくなるんだよ。言うだろ、誰にでも優しいってことは、誰にも優しくないってことだって。誰彼構わず親切にすることで誰かしら傷つけてるってのに無自覚なのが、すっげぇ嫌なんだよ」

初めて聞いた弟の本心に、森吉はますます胸を抉られた感じだ。

森吉君は優しいよね、と歴代の恋人に何度か言われた。そんなことないよ、と返した覚えがあるが、実際、まったくもってそんなことはなかったということだろうか。

「慧兄じゃなくて相手のために言うけど、その後輩の人のことは立ち直るまでそっとしとけよ。それが本当に優しいってことだよ」

庸介の言うことが、わからないわけではない。

自分の欠陥を自覚してきた今、たしかにこれまでの自分の所業《しぎょう》が残酷なものだったと、理解はできる。

だが、どうしても、頷けない。納得がいかない。

不満顔で黙り込む兄を見て、庸介が怪訝そうな表情になった。

「何でそんなにムキになるんだよ、何もせずに、当分放っておけばいいってだけなのに。

……って、慧兄がムキになるとか、珍しいな……」

自分でも何がそんなに気に喰わないのかがわからないまま、森吉は自分の部屋に引っ込み、生まれて初めてふて寝と呼ばれるものをした。

5

森吉慧《もりよしけい》という先輩の第一印象は、とにかく恵まれた容姿をしているということだった。

有り体《あてい》に言えば好みだった。とはいえ恋愛感情において性的アピールを感じるというよりは、観賞の対象として「綺麗な造作だな」と惚れ惚れした。森吉が女性だったとしても、同じように「美人だな」と感心しただろう。

そもそも辛い恋を経てようやく気持ちが落ち着いたばかり、当分恋愛は不要だと、懲《こ》り懲《ご》りしていた矢先だ。

森吉が異性愛者だということは雰囲気からして疑いようがなく、むしろそれをありがたく思うような心境だった。

容姿のよさは、優しさや知性、判断力や応用力の高さの表れなのだと、ほどなくして気づく。元々の顔立ちよりも、立ち居振る舞いに人の美醜《びしゅう》が現れると、組木《くみき》は昔から思っていた。だから最初に「綺麗だな」と思った時点で、結局のところ、恋は始まっていたのかもしれない。

当分は誰のことも好きにならないつもりだった。ましてやノンケ相手なんて苦しいばかりに決まっているから、森吉のことはいい先輩として、尊敬だけを持って接しよう。

——と改めて自分に言い聞かせた時点で、手遅れだと察した。

森吉から仕事の引き継ぎを受けて、的確な指示やわかりやすい説明にいちいち感銘を与えられた。声がいいなとか、仕種が絵になるなとか、すべてが好ましくて、まいった。

そして同時に、今まで出会った中で一番厄介《やっかい》な人間だということもわかっていた。

森吉は優しい。中途入社したばかりの組木に親身に接してくれたのは、先輩としての義務ではない。何しろ接する人接する人に同じ態度だ。無意識の博愛主義。森吉自身に一切その自覚がなさそうなところが、何より厄介だとしか言えない。

(怖い人だな)

と、思った。

そしてそこに何より惹《ひ》かれてしまった自分は、紛《まぎ》れもない馬鹿者だと思う。

すべてが上等で、手の届かない人なのに。

(あの人に、特別に好きになってもらえたら)

想像すると胸が高鳴ったし、身震いした。大それたことだと感じながら、それを望まないことは、もう無理だった。

(俺のことを、一番に思ってほしい)

心からそう願ったものの、組木には、一体どうしたらそれが成されるのか、見当もつかずに途方にくれた。

いつ声をかけても、森吉は変わらず気さくで、好意的だ。

そしてその好意は、おそらく森吉の中では頭打ちなのだ。何しろ森吉は愛されることに慣れている。誰からも好意を持たれるから、それが特別なことだなんて、考えたこともない人なのだろう。

それでも。

それでも精一杯相手を愛して、その気持ちが伝われば、変わることもあるかもしれないと信じた。

そのためには、まず、はっきり好きだと伝えるところから始めなくてはならない。

だが組木には、森吉のことが怖かった。どう告げれば本心が伝わるのか、何度シミュレーションしてもうまく行かず、悩んだ。

悩んだ挙句、全部を包み隠さず言うしかないと決心した。

ゲイであること。みじめな恋をして、思い詰めた挙句に仕事を辞めてしまうような男であること。

それでも森吉が好きだということ。

「じゃあ、俺はあなたのことが好きなので、つき合ってくれますか」

これまでの人生の中でも、どうしようもなく不格好な告白になってしまった。

じゃあ、って何だ。あなたのことが好きなので、なんて、森吉さんが俺とつき合う理由にはならないのに。

スマートとは程遠い告白に自分で動揺した挙句、一度は断られたのに、ますます無様に喰い下がってしまった。言葉尻を捉えるというか言質《げんち》を取るような形で、無理矢理、つき合うことを了承させた。

自分はとても恋愛下手なのだろうと、組木は思う。いつだって、初恋の頃から、自分のやり方はみっともない。

好きになってほしくて、精一杯アピールしても、森吉のスタンスはどうあっても「いい先輩」だ。時々、わかってやっているんじゃないだろうかと、疑いたくなるくらいだ。ド天然は怖《おそ》ろしい。

何度一緒に出かけて、食事をして、話をしても、実家にまで押しかけて弟妹《ていまい》に紹介してもらっても、ちっとも森吉の気持ちが自分を向く手応えを感じなかった。

もういっそ、その辺のホテルにでも連れ込んで、犯してみたらどうだろうかと、真剣に悩んだこともある。

だが、万が一にも、そんなことをした自分にすら、「大丈夫、気にしてないから」などと優しく微笑まれたら、絶対に立ち直れない——という理由で、躊躇《ちゅうちょ》した。

(気長に……森吉さんに一目置いてもらえるような人間になれるよう頑張りつつ、恋愛の相手と認識してもらえるように、要所要所でアプローチしていこう)

真摯《しんし》に向き合えば、気持ちは通じる。通じてもらわなければ困る。しつこいくらいそばにいれば、さすがにわかってくれるだろう。鬱陶《うっとう》しいと思われたっていい。むしろ思われたい。なぜなら森吉は、他の誰に対しても、そんなことを思わないだろうから。

（何でもいいから、森吉さんの特別になりたい）

そう思い詰めた頃、別れた恋人と遭遇した。

今の会社に来る前に知り合った、気弱だけど優しくて、うまく自分を出せずに辛そうだった年下の男。

新しいパソコンが欲しくて売り場を見ている時に、店員として声をかけられた。本当は実機《じっき》を確認して、安いネットショップか余計なオプションのつかないメーカーサイトで注文しようと思っていたが、組木の質問に丁寧に、一生懸命答えてくれる姿に心を打たれて、その場で購入を決めた。

大して必要もない周辺機器を買いに、店に通った。

やがて店員と客としてではなく、友人として、恋人として、一緒に過ごすようになった。

「うちは母が浮気して、父と俺を捨てて家を出て行ったんだ。それ以来父が荒れて、アルコール依存症になって、今も治療し続けてる」

身内の恥を、組木は初めて笹尾《ささお》に打ち明けた。

笹尾もあまり恵まれた家庭環境ではなく、わかってくれると、そう信じていた。

「そもそもは父に愛人がいたからでもあるんだけど。そのせいで母親が壊れて、父のことも壊していった。だから俺は、どうしても浮気が許せない。嘘をついてまで自分の欲を貫く人には軽蔑しかない。絶対に、そういう嘘をつかないでほしい」

わかった、と笹尾は強く頷いてくれた。

初めての恋人の話もした。中学生の頃、まだ自分の性癖に自覚がなかった時に女子の先輩に告白され、流されるようにつき合い始めたが、浮気をされた。相手が好きだったわけではなく、自分が同性しか好きになれないのではと薄々感じ始めて怖かったから、それを払拭《ふっしょく》したいという打算もあった。相手が求めるほどには恋人らしいこともできず、自分にも非はあると気づいたので、二度と本気ではない相手とはつき合うまいと決めた。

二度目の恋人の話もした。高校生の頃に両親が離婚して、恋愛自体に嫌気が差していたが、ふらりと家出をした時に優しくしてくれた大学生を好きになった。経験豊富な相手に手ほどきを受けて、組木がセックスと彼自身に溺《おぼ》れるのは簡単だった。だがそんな手練手管《てれんてくだ》を持つ相手が、子供の組木だけで満足するはずがない。浮気をされたというよりも、そもそも組木自身が何番目かのセフレだったと気づいて、吐くほど泣いて怒って、一股をかけるような人間が生理的に受け付けなくなった。

大学生の時、穏やかな人と恋をした。相手はモラトリアムの間だけ同性愛を楽しむと宣言していて、組木もそれを了承した。相手は理想的に賢くて、組木を裏切ることもなく、卒業式の日にお別れのセックスをして終わった。綺麗な思い出になりはしたが、ごっこ遊びのようで虚しくもあった。

もっとちゃんと人を好きになって、好きになってもらいたい。

そう願うようになった頃に笹尾に出会って、幻滅されてもいいからとすべてを打ち明けた。わかった、と言ってくれた笹尾を信じた。

なのに、裏切られた。

何がいけなかったのか、半年経った今もわからない。萎縮《いしゅく》しがちな笹尾を少しでも傷つけたくなくて、世界はひどいことばかりじゃないとわかってほしくて、優しくしすぎただろうか。我儘《わがまま》を聞きすぎただろうか。

浮気が露見《ろけん》した時に、その場を取り繕おうと半笑いで言い訳しようとする笹尾の姿が、「でも貴裕《たかひろ》が忙しいのが、寂しくて」と責任を押しつけてこようとする卑怯《ひきょう》さが、組木の恋心も愛情も一気に吹き飛ばした。

そのくらい許してやれよと、恋と性に奔放《ほんぽう》な友人に笑われて、何もかもが嫌になった。

潔癖すぎる自覚はある。あるけれど、どうしようもなかった。わかってくれる人としか一緒にいられない。今度こそは、と思って数ヵ月は幸福な時間を過ごした分、ダメージが大きかった。

仕事と住処《すみか》と行きつけの店にいる友人と、全部を投げ捨てて、新しい会社に入って、森吉に出会った。

もしかしたら自分は恋愛に向いていないのではと疑っていた矢先なのに、気づけば泥沼に足を取られたように、好きになっていた。

厄介な人だけれど、振り向いてもらいたいという気持ちは止められず、喰い下がって、一緒にいるのが当然という空気になってきた。あと一年か二年もすれば伝わるのではと、希望も見えてきた。

なのに森吉が笹尾の相談に乗っていると知り、目の前が真っ暗になった。

怒りと失望でどうにかなりそうだった。

もしかして、どうしても自分とつき合えないから、元彼と元サヤに収めて、逃げようとしているのかもしれない。

一瞬そう疑った、そういうわけではないと、すぐに気づいた。

森吉はただ、持ち前の博愛を、笹尾にも向けただけなのだと。

笹尾が悲しんでいるから、力になっただけだ。笹尾の再就職の相談にまで乗っていると聞いた時には、テーブルに突っ伏したくなった。

森吉の平等さは、どうしようもない。何ヵ月もかけて森吉に近づこうと足掻《あが》いて、告白して、お試しとはいえつき合うようになった自分も、出会ったばかりの笹尾も、森吉にとっては同じ棚の上なのだ。

「誰だって一度くらい間違うことはあるんだ。許せとは言ってないだろ、相手のために、少しだけでも気持ちを汲《く》んでやることすらできないのか」

森吉に責められる意味がわからなかった。同じ棚の上どころか、森吉は笹尾の方に肩入れしている気すらして、自分が悲しんでいるのか怒っているのか、わからなくなるくらい感情が乱れた。

「その一度が許せないと、何度も言ってます」

「組木は自分が何でも完璧にできるからって、人に対しても高望みしすぎじゃないのか」

それはあんたのことだろう、と喉元まで出かかった言葉を、必死に堪《こら》えた。

森吉は、誰にでも優しくできるから。誰のことも許せるから。誰に対しても平等で、特別ではないから、完璧な人間として振る舞えるのだ。

（どうしてあんな人を、好きになってしまったんだろう）

これ以上はないほど手酷《てひど》く別れを告げて、挙句逃げ出したくせに、翌日会社で顔を合わせた時には平然とした態度でいる。

いっそ胸倉を摑んで揺さぶりながら泣き喚《わめ》いて、ふざけるなと怒鳴ってやれたら、自分の怒りと悲しみは森吉にも伝わっただろうか。

それとも、「大丈夫か？」と心配そうに、労《いたわ》ってくれるのだろうか。

（詰《つ》んだ）

もうお手上げだ。八方塞《はっぽうふさ》がりだ。

（無理だ、と森吉さんが言っていた。俺も、もう、無理だ）

◇◇◇

仕事でミスをして、森吉からのフォローに激怒して、この恋はもう無理だと諦めをつけた。つけたつもりだった。

かといってすぐに気分が浮上するものでもなく、気がつけば、「何がいけなかったのだろう」と考えては落ち込み、「どうして俺は好きな人に俺だけを好きになってもらえないのだろう」と考えては落ち込みながら、日常の仕事をこなすことで精一杯だった。

「組木、割引券があるから、外にランチに行かないか？」

「……」

なのに、なぜか。

あれほどはっきりと「放っておいてほしい」と告げた翌日に、なぜか、森吉は平然とした顔で、組木に声をかけてきた。

（この人、どこか、ぶっ壊れてるんじゃないか？）

優しくて親切でいい先輩である森吉は、落ち込んでいつもより仕事の捗《はかど》らない組木を、心配してくれているらしい。わかってはいるつもりだったが、森吉の博愛主義にはもはや病的なものを感じてしまう。

（勘弁してくれ）

普通の神経をしていたら、昨日の今日で、こんなふうに笑ってランチに誘ったりなどできるはずがない。

「社食のつもりでしたので」

周りには他の社員の目がある。無視するわけにもいかず、組木は相当苦労して、穏やかな声で森吉に答えた。パソコンのモニタから視線を動かせなかった。森吉の優しい笑顔を見たら、先輩に向かって「おまえは一体何なのだ」と詰め寄ってしまいそうだ。

「社食、今週一杯メンテで閉じてるだろ」

そうだった。森吉に言われて組木は思い出す。社員食堂は古い設備を入れ替え改装するために、しばらく閉鎖されるのだった。その計画を立てたのは森吉や組木たちの所属する労務課だというのに、ぽっかり失念するほど頭の働きが悪くなっている。

「新しくできた和カフェ、空《す》いたら行こうかって話してただろ」

つき合っていた頃の話題を持ち出す森吉に耐えきれず、組木は少し荒っぽい動きで椅子から立ち上がった。廊下に出ると、森吉が当然のように着いてくる。

「――あの、一緒に行くわけじゃないですよ」

歩みを止めず、振り返りもせず言う組木の隣に、森吉が並ぶ。

「感じのいい店でうまいもの食べたら、気分も変わるかもしれないだろ」

「……」

組木は無言で森吉の腕を掴み、目についたミーティングルームのドアをＩＤカードを使って開けると、森吉を引っ張り込んだ。

ドアと内鍵をきっちり閉めてから、森吉を振り返る。

「昨日も言いませんでしたか。俺のことは放っておいてください。今は正直言って、森吉さんのそういう態度はキツいです」

森吉は困ったような、何かを言いたいのに堪えているような、妙な顔つきで組木を見ていた。

これでいつものように優しく微笑んでいたりしたら、今度こそ胸倉を掴んで怒鳴りつけるか、我を忘れて組み伏せるかしてしまいそうだったが、おかげで組木はその衝動を堪えることができる。

困った様子に見えるのだから、少なくとも組木が気分を害していることくらいは伝わっているだろう。

「仕事に支障は出ないようにするので、立ち直るまでは、事務的なこと以外で声をかけてこないでください」

組木はそう念を押す。森吉の平等な親切心はもう結構だ。

「放っておけない」

なのに返ってきた森吉の言葉がそれで、組木は結局苛立ちを抑えきれなくなってしまった。

「いい加減にしてください。森吉さんのそういうところが好きだけど、同じくらい、大嫌いです」

激昂して感情が抑えきれなくなると、語彙《ごい》が乏《とぼ》しくなるのは我ながらどうにかしたい。大嫌い、なんて、子供の喧嘩でもあるまいし。

森吉に失笑されても仕方がないと思ったのに、見遣れば、相手は目を見開き、傷ついたような顔になっている。

組木は混乱した。

「……俺のこと、嫌いか？」

ぽつりと問われて、ますます動揺する。森吉がこんなに寂しげな表情になることがあるなんて。

（どうして）

考えてから、思いついた。多分、森吉は他人からこういう言葉を向けられるのが初めてなのだろう。誰にでも優しくて誰にでも好かれる森吉にとって、予想外の手酷い罵倒《ばとう》だったのだ。

（……何で好きな人に、こんな言葉を言わなくちゃいけないんだ）

情けない気分になりながらも、それでも森吉に初めて自分の思いがまともに伝わる最初で最後の機会だと感じて、組木はきつく両手の拳《こぶし》を握りしめる。

これで見放されるならそれでいい。このまま無邪気に優しくされ続けるなんて、拷問でしかない。

「告白してから、前よりずっと一緒にいる時間が増えたのに、ちっとも俺の言うことが森吉さんに届かなくて、もどかしくて仕方なかった。誰のどんな言葉もどんな気持ちも森吉さんにとっては同じくらいの重さしかないんでしょう。誰にでも優しいってことは、誰にも、俺にも、ちっとも優しくないってことなんです」

「……同じこと、庸介《ようすけ》にも言われたなあ」

庸介って誰だ、ここでわざわざ他の男の名前を出すのか。

話すうちに感情が昂ぶっていた組木は、ますます頭に血を昇らせた。

「本当はわざとやってるんじゃないかって、たまに疑うことがありました。本当は、森吉さんはどうしようもない性悪で魔性の男で、人の心を玩《もてあそ》んで快楽を得る類《たぐい》の人でなしなんじゃないかって。俺が森吉さんのことを好きで、どうにかして愛し返してほしくて必死になってるのを、笑ってるんじゃないかって。そういう、酷い人間なんじゃないかって」

「……」

森吉が黙り込む。これが言いがかりだと、組木にもわかっている。

「誰に対しても、実際は興味なんてないんじゃないですか、森吉さんは。俺のことを個人として認識してくれてるのかすら、一緒にいて不安でしたよ。好きなのに、想い返してもらえないことがこんなに辛いくらいなのに、何をやっても届くことなんて一生ないかもしれないとか、今はもうそんなふうにしか思えなくて——」

だからもう、どうか、放っておいてください。

そう続けようとし組木は、相手の反応を見るのが怖くて伏せていた目を思い切って上げてから、言葉を失った。

「……そ……そうか……」

森吉も俯《うつむ》いている。

俯いて、なぜか目許を赤くして、照れたように口許《くちもと》辺りを拳で押さえている。

「何で嬉しそうなんですか⁉」

怒鳴り始めたら止まらなくなるだろうからと、なるべく抑えていた声音が、跳ね上がってしまった。

森吉は明らかに照れていた。

組木にはその反応に理解が追いつかない。

「いや……組木が、そこまで俺を好きでいてくれたのか、と……」

「——」

やっぱりこの人は、どこか、壊れているんじゃないだろうか。

組木は唖然と森吉を見遣った。

ぽかんとした組木の表情に気づいたのか、森吉が慌てたように両手を振っている。

「あ、いや、傷つけて喜んでるわけじゃないぞ、念のため。ただ……誰かからこんなふうに言われるの、初めてで。組木がすごく一途《いちず》に、情熱的に誰かを好きになる人だっていうのが、羨《うらや》ましかったり後ろめたかったりしたけど……」

「後ろめたい？　何でです？」

「俺は、そういうことが一度もないから。どこかが欠けてる気がして、弟には人の心がないとまで言われるし」

「……ああ。自覚はあったのか……」

「でも、羨んでた組木の気持ちが、自分に向いてるんだなと思ったら、嬉しくて」

「今⁉」

伝わっていないだろうと思って諦めかけていたが、まさか今、このタイミングで伝わるとは思わなかった。

傷ついていることを、表層的にでも理解してもらえれば、それで充分だと投げ遣りな気分になっていたというのに。

「俺はずっと、森吉さんのことが好きで、好きだからそれが伝わるような行動を取ってきたん

ですが⁉」

森吉の好きそうな店を調べたり。森吉の家の手伝いをしたり。森吉の負担にならないよう、予定が合わなそうな時は潔《いさぎよ》く引き下がったり。

根幹には「好きだから喜んでほしい」という思いがありつつ、どうにか好きになってもらえるように、計算もしていたのに。

ついそこまで吐露《とろ》してしまうと、森吉に申し訳なさそうな顔を作られてしまった。

「これは多分言ったら怒られる類のことなんだろうけど……それくらいのこと、俺は、誰が相手でも普通にするんだよ」

そうだった。森吉というのはそういう人で、だからこそ、自分がここまで苦労しているのだった。

組木は何だかどっと疲れてきてしまって、手近な椅子を引き寄せると、腰を下ろした。

森吉も、立ちっぱなしで喋《しゃべ》っているのに疲れたのか、壁に背中で凭《もた》れている。

「これまでつき合った子たちに、こんなふうに叱られたこともなくて」

「……嘘でしょう？」

信じがたくて問い返す組木に、森吉が首を横に振る。

「そもそも俺、人と喧嘩って言えるほどのことをしたことがないんだ。昨日、弟からは滅茶苦茶に怒られたけど」

「弟？」

「——まあその話は今はいいとして。平和につき合って、別れる時も大抵向こうから、何というか『正式な申し入れ』のような風情《ふぜい》で言われるから、『ああ、そういう時期なんだな』と納得してしまっていた。発展的な交際解消だって言われたことがあって、成程《なるほど》、と」

成程、と納得されてしまった見知らぬ森吉の元恋人に、組木は心から同情した。

「……多分、森吉さんに泣き喚いて訴えても何も伝わらないから、諦めたんだと思います。それは」

「なのかな。もう少し、目の前で泣いたり怒ったりしてもらえれば、気づけたかもしれない」

それも多分ですけど、森吉さんに告白する度胸と自信のあるタイプの女性は、賢くてそれなりに気位が高くて、それに優しいから、自分のみっともない姿を見せるのも嫌だし、森吉さんを困らせるのも嫌だったんですよ。

と今説明したところで、森吉にうまく伝わるか自信がなかったので、組木はとりあえず口を噤《つぐ》んでおいた。

（でも……そうか、俺も、同じか）

森吉に格好いいと思われたかった。いいところを見せて、背伸びしてでも好かれたかったから、ここまで取り乱して相手を詰《なじ》ることすらできずにいた。

（それにしても、この人は……一部駄目すぎないか……）

森吉が仕事の出来る男で、親切で、容姿も抜群なことに、間違いはない。

だがそれらで補《おぎな》いきれないほど、一部分で本人曰《いわ》く『欠けている』ところがあるのもまた、たしかだろう。

呆れて溜息をつく組木を、森吉が不安そうな顔で見下ろしている。

「嫌いになったか？」

組木はたまらず、両手で頭を抱えた。

(これが無自覚なら、怖すぎる)

何という怖ろしい男を好きになってしまったのだろう。今さらながら。

「……森吉さんは、結構、駄目ですよね」

「……うん」

しゅんとする森吉の姿に、組木はぐっと胸の詰まるような感じを味わった。

「元々、頭がいいわけでも、仕事ができるわけでも、性格がいいわけでもないんだ。ただひたすら、見栄っ張りで、いい人に見られたいっていう格好つけだけで生きてるから」

森吉はどうもピントのずれたところで落ち込んでいる。

「森吉さんにそんなこと言われたら、俺を含めた世の凡百《ぼんびゃく》の人間が死にたい気分になりますよ」

「前にも言ったけど、組木は俺をよく見すぎてるよ。俺なんてただ必死に、ボロが出ないように勉強したり、こっそり根回しして、うまくいくように見せてるだけなんだから」

「普通の人にはそれができなかったり、うまくいかなかったりするから――ああ、もう、いいや。俺は森吉さんのことかなり駄目な人だってわかりました。わかったけど、でも、好きです」

「……幻滅されると思ってた」

「というか、自分でも不思議ですけど、今、前より森吉さんが好きです。俺の言っていることが森吉さんに初めて通じてる気がして、泣きそうです」

「……そうか……」

「はい。だから、つき合えないとか、元彼と会えとか言わないでほしい」

「……」

森吉が、考え込むように口を閉じる。

考え込んでくれるだけ、ものすごい進歩ではないかと、組木は息を吐いた。

「あいつには会いません。まだ許せるわけがないのに、会ったところでお互い傷つくだけです。誰にもいいことがない」

「――わかった」

森吉が素直に頷くのを見て、組木は安堵する。

だが森吉の方は、ひどく困った顔になっていた。

「俺は、組木には嫌な思いを味わってもらいたくないと思うんだけど……」

「はい、だから、あいつと会うのが苦痛なんだって、わかってくれたんですよね」

「でも組木から自分を放っておけって言われるのは、嫌なんだ」

瞬時に、組木の胸に期待がわき上がる。沸騰するような想いを堪えて、森吉をみつめる。

「なぜ？」

「……俺が人の心のない、人でなしだから、か……？」

組木はまた頭を抱えた。

「わ、悪い。組木が嫌がるのがわかってるのに、どうしても、納得できなくて。自分本位なのは承知なんだけど」

「森吉さん、やっぱり俺は、森吉さんと別れたくないです」

「――」

いやどうしてそこで黙るんだよ、と思いながら組木は顔を上げる。森吉は相変わらず困り切った顔をしていた。

「放っておかなくていいです。どんどん来て下さい。森吉さんにひどいことを言われて落ち込んだので、責任取って、慰めてください。恋人として」

森吉はまた長い間黙り込んだあと、やがて、「考えておく」とぽつりと呟いた。

組木にとっては充分な返答だった。

（絶対、逃がさない）

6

（そうか。組木《くみき》は本当に、俺のことが好きだったのか）

昼休みのほんの数十分のことだったが、組木と話した時間がずいぶん長く感じられて、自宅に戻ってからも森吉《もりよし》は心身共に疲労を感じていた。

使い慣れない筋肉を使ったような感じだ。

（いや、それは、ちゃんと伝えてもらってたし、わかってたんだけど。……わかってたつもりなんだけど）

自室のベッドで仰向《あおむ》けに寝転んでいるのに、まるで雲の上にいるようなフワフワした感触も味わっている。

「というか、どうしてわからなかったんだ」

自分で自分に呆れ果てて呟いてから、森吉は右手で胃の辺りを、反対の手で胸の辺りを押さえてみた。

『ごめん、俺からはもう組木に頼めない』

さっき、しばらく悩んだ挙句、笹尾《ささお》に電話をしてそう告げた。

笹尾は長い間黙りこくっていたが、やがて『わかりました、ごめんなさい』と消え入りそうな声で言うと、電話を切った。

罪悪感は凄《すさ》まじかったが、でも、他にどうすることもできない。そもそも、どうにかしようとしたこと自体が間違いだった。

(だって、組木が嫌がってるんだ。……俺も、嫌なんだ)

両手で触れた胃と胸の辺り。

最近――笹尾と知り合ってからずっと感じていたもやもやしたものが、今はすっかり消え失せている。

(笹尾君が組木に大事にされてたとか、お姫さま扱いされてたとか)

もやもやは、笹尾と話している時に強くなっていた。

(羨《うらや》ましかったんだな)

自分もそうやって、そういう人から愛されてみたい。

そういう人と恋人になれたら、きっとさぞかし幸せだろう。

「……あれ?」

真剣にそう考えてから、森吉は思いきり眉を顰《ひそ》めた。

「……だったら何の問題もないんじゃないのか?」

この場に組木がいたら頭を抱えて「ポンコツ過ぎないか」と呻《うめ》いたかもしれない。庸介《ようすけ》がいたら、「もうやだこの兄貴」と悲しそうに首を振ったかもしれない。

だがたった一人考え込んでいた森吉は、雷に打たれたような、蒙昧《もうまい》を開かれたような、ものすごい発見をしたような気分でベッドの上に起き上がった。

◇◇◇

人を好きになるって気分は、こういうものか。

これを知らないまま他人の恋愛相談に乗っていたのか、と思い返すと、森吉は恥ずかしさで居たたまれない心地になった。わかったようなことをしたり顔で言う自分は、見る人が見ればさぞ滑稽《こっけい》だったことだろう。

(これまでつき合った子のことも、ちゃんと好きで、ちゃんと大事にしてたと思ってたけど……)

あまりにも足りなかった。庸介の言うとおり、相手に虚《むな》しさを与えたり、傷つけたりしていたに違いない。申し訳なさを感じるばかりだった。

(だからと言って、それを詫《わ》びるのも、おそらく失礼な話なんだよな。だからせめて、組木にちゃんと気持ちを伝えよう)

そう決意して、森吉は会社に向かう。

労務課のオフィスに入ってすぐに組木と目が合うと、穏やかで優しい、いつもの彼らしい笑みを向けられた。

「おはようございます、森吉さん」

「――」

おはよう、と自分も笑って返すつもりだった。

なのに勝手に視線が組木から逸《そ》れて、「ああ」と素っ気ない声が出てしまう。

そのまま自席に着く。そっと見遣ると、組木が困惑したように自分を見ているのがわかる。

(何でこんな緊張してるんだ、たかが挨拶に。別に顔を合わせるなり好きだとか何だとか言うつもりはないのに)

幸いなのか、今日はやるべき業務が山積みで、そのせいで余裕がないという演出ができた。いつもどれだけ忙しかろうが、見栄を張って悠然とした態度を心懸けているのに、わざわざせせこましく動き回ることになってしまったが。

昼休みになり、森吉は緊張を引き摺《ず》りながらも、自分から組木に声をかけた。

「組木、昨日言ってた店のランチ、行かないか?」

森吉を見上げた組木は、間違いなくほっとしている。朝の態度のせいで気をもませてしまったのだろう。悪いことをした。

「いいですね。行きましょう」

組木と連れ立って、会社近くの和カフェに向かう。

混み合っていて、少し並ばなければならなかった。

「前ほど凄《すご》い行列じゃないけど、まだ混んでますね」

「そうだな、クーポン今月までだからと思ったけど、もっと後でもよかったかもな」

「でも回転速いですよ、すぐ入れそうだ」

何気ない会話は、いつもどおりの雰囲気だ。少し緊張が収まって、森吉は店の方に向けていた視線を組木に向ける。

と、思ったよりも組木の体も顔の位置も近くて、驚いた。

「クーポンって、頼めるもの決まってる感じですか？」

「っ」

組木が耳許《みみもと》に口を寄せて囁くもので、森吉は大仰《おおぎょう》なほど驚いて、後退《あとず》さった。

森吉も驚いたが、組木の方も小さく目を瞠《みは》っている。

「悪い、くすぐったくて」

「ああ——すみません、周りが騒がしいからよく聞こえないかなと思って」

くすぐったかったのも本当だが、それよりも、組木の声があまりによく響くので、鳥肌が立った。

かといって不快だったわけではない。背筋がぞくぞくして——。

（……か、感じた？）

そんなこと、まさか組木にバレなかっただろうなと、森吉は狼狽する。怖くて相手の顔が見られない。

(勘弁してくれ、思春期でもあるまいし)

「あ、もう入れますね」

組木の声音は普段と変わらない。森吉も精一杯平静を装《よそお》って案内された席に着き、ランチプレートを頼んだ。

どのみち人目があるカフェで告白などできようもないし、組木ともテーブルで隔《へだ》てられる分距離を取れたので、平常心を取り戻すことができた。

(でも……そうか、俺が組木の気持ちに応えるってことは、今までみたいに友達や先輩後輩と変わらない距離感ではいられないってことだよな)

あえて考えないようにしていたが、いい歳した者同士のつき合いで、何もなく終わるわけがない。

彼女がいた時は当然のように体の関係があった。恋人になる、というのはそういうことだ。それ以外の部分で森吉は彼女も友人も同じように大事にしていたから、要するに「セックスがあるかないか」がその分水嶺《ぶんすいれい》になる。

(俺が、組木を、抱くのか?)

箸《はし》を手にしたまま、森吉は考え込む。

（あるいは組木が、俺を抱くのか？　それとも、せっかくどっちにも対応できる体なんだから、特にそういう役割は決めずにおくのか……？）

同性との行為が未知すぎて、森吉には想像もつかない。

（……組木と笹尾君は、経験があるわけだよな）

唐突に胃に不快感がきた。駄目だ、そこで想像したくない。

（でもお姫さま扱いっていうくらいなんだから、笹尾君が女性の役目で……）

組木はどんなふうに、恋人に触れるのだろう。

森吉は、向かいに座ってプレートの煮魚を綺麗な箸使いで口に運ぶ組木をみつめた。

組木の仕種には荒っぽいところがひとつもないから、その時も、優しく触れるのだろうか。

それとも——。

「……森吉さん？」

箸が止まっている森吉に気づいたのだろう、組木が訝《いぶか》しげに声をかけてくる。

森吉は瞬時に我に返った。

「魚の骨が、奥歯に挟まって」

「大丈夫ですか？」

「大丈夫だ」

こういう時、咄嗟《とっさ》に取り繕《つくろ》える自分の見栄に、森吉は感謝した。まさかおまえとの情事を想像してうわの空だった、などと言えるわけがない。

まだ行列ができていたので、森吉たちは手早くランチを終えて、店を出た。社に戻る。

「今日、夕食どうですか」

道を歩きながら隣の組木に訊ねられ、ぎくりとした。

(言うなら、早い方がいいよな)

体の関係云々《うんぬん》は置いておいて、気持ちだけは伝えた方がいいに決まっている。組木もやきもきしていることだろう。

「——返事を急《せ》かしているわけではないですから」

何なら改まって伝えなくても、今歩きながらさらり気なく言ったっていいのではないだろうか。

決意を固めかけたのに、組木の言葉を聞いて、森吉は肩透かしを喰らったような気分になった。

「そうか、ありがとう」

そしてまた、咄嗟に、取り繕うように微笑んでしまう。

考えさせてほしい、と言ったのは森吉の方だ。組木だって、まさか昨日の今日で森吉が万事OKだと結論を出すとは思っていないのだろう。

(じゃあ、どのタイミングで伝えるのがベストなんだ?)

◇◇◇

庸介に相談したら、ものすごく苦くて臭い虫でも噛んだような顔で「知るか」と一言吐き捨てられ、逃げられた。

（いや、まあ、高校生の弟に相談するようなことじゃないのはわかってるんだ、最初から）

いい大人なのだから、自分で決めて自分で行うしかない。

言うぞ、言うぞと気持ちは高まるのに、たまたまどちらかに用事があったり、会議や出張が重なって、気づけば一週間も時が流れてしまった。

その間、森吉は隙を見て朝のちょっとした時間やランチタイム、帰り際の短い時間で組木に伝えようと試みてはみたが、うまくタイミングが掴めず、挨拶だけして終わることを繰り返している。

（駄目だ、決戦日を決めよう。まず予定を立てて、そこに向けて気持ちを調整していくんだ）

下手に間延びしてしまったせいで、ますます告白の空気を作るとっかかりすら掴めなくなっていた。

次の金曜日の夜、二日後に狙いを定めて、森吉は少しずつそのような空気を作ろうと努めた。

「組木、そろそろミーティングだぞ」

仕事の要件を伝えるついでに、さり気なく、相手の腕に触れてみたりとか。

か。

（待て、無闇にボディタッチするのなんて、セクハラ案件じゃないか？）

まったくもって不要なところで倫理観が邪魔をして、触れた手をすぐに離してしまったりとか。

（見ろ、組木が変な顔をしてる）

「悪い、ちょっと、よろけた」

意図的ではない、ということをアピールして、慌てて先にミーティングルームへと逃げ込む。

たったそれだけのことで動揺して、ミーティングで組木と顔を合わせるのも気まずいというか、気恥ずかしくなってしまった。

（俺、ものっすごく、空回ってないか）

疑うまでもなく、空回り過ぎだ。これまでの相手に告白されるに任せた、受け身の恋愛が仇《あだ》になっている。

（もうちょっとくらい、まともに立ち回れてた気がするんだけど）

稚拙《ちせつ》で、みっともない。組木もそろそろ困惑しているだろう。面白がって笑うような性格ではないだろうが、呆れられてはいるに違いない。

居たたまれないので、一刻も早く金曜が来るよう祈った。

だがそれより早く、翌日木曜の終業後に、組木が森吉に声をかけてきた。

「森吉さん。今日、時間いただけませんか」

――来た、と思った。組木は普段と変わらないようでいて、ほんの少し空気が違う。いよいよ、森吉が「考えさせてくれ」と言った答えを聞こうとしているのだろう。

（しかしまだ、心の準備が）

金曜に、と自分で定めてしまったので、時期尚早《しょうそう》に感じてしまう。うまいこと気持ちを言葉にする、心理的な手順が固まっていない。

別に勿体《もったい》ぶることはない。「あのことならOKだから」とか、短く言って、ひとまず逃げ出すことも可能だろう。そうした方がよくないか？　改めて時間を取って、かしこまって交際を受け入れるとか、ハードルが高すぎやしないか？

とは思いつつ、森吉は答えを出す前に首を振っていた。

「もう少し、待ってくれないか」

何とか明日まで。今夜一晩かけて、テンションを上げて、スマートに、さらりと、前向きな返事をするので。

（恋愛以外だろうが、今までいい気になって人の相談に乗って、こうした方がいいああした方がいいとか、よく言えたもんだよ）

アドバイスなど言葉だけなのだから簡単なものだった。楽ばかりしてきたから、いざ当事者になって、つまらないことで悩んで焦って無様なところを、後輩に、好きなった人に、見せている。

何だか情けなくなってきて、森吉は小さく溜息を吐いた。

森吉の溜息の音が聞こえて、組木は抑えよう、抑えようとしていた苛立ちが抑えきれなくなってしまった。

「今日、何か用事があるんですか?」

「用事、は……特には、ないんだけど」

組木が少し身を寄せ、目を覗き込むように強めに問うと、森吉の視線が泳いだ。

もう無理だ。

「いい加減にしてくれませんか。面白がってるんだったら、やめてください」

もっと強く言ってやろうと思ったのに、我ながら懇願の響きに聞こえる声を漏らしてしまい、組木はそんな自分に落胆した。

「いや、森吉さんのことだから、無意識なんでしょうけど」

「……何がだ?」

怪訝そうな顔をする森吉の頬でも、抓《つね》ってやりたい。

「振り回さないでくれって言ってるんだ」

まだオフィスには人が残っている。どうか仕事の話をしていると思ってもらえますようにと願いながら、組木は森吉の耳許で言った。

森吉がさっと身を躱《かわ》そうとする動きを見取って、逃がすまいと、腕を摑む。

「思わせぶりなことばかりしないでくれ。こっちは生殺しでしかない」

じっと人の顔をみつめてみたり、不意にボディタッチしてきたり、悩ましげに溜息をついたり。

ここしばらくの森吉があまりに艶っぽくて、それがすべて自分に向けられている気しかしなくて、辛すぎる。

返事をはぐらかせて、焦《じ》らされて、自分ばかりがみっともなく苛ついている。

「もう待ちません。行きましょう」

「どこに？」

組木は当惑したふうな森吉の腕を摑んで、歩き出す。

「二人きりになれるところに」

組木はすっかり腹を立てている様子で、森吉は相手にかける言葉もなく、引き摺《ず》られるように駅に向かって電車に乗り、降りたこともない駅で降ろされ、あれよあれよという間に「組木」と表札の出たマンションの一室までやってきてしまった。

（だ、段取りが）

明日は金曜、翌日は会社が休みだから、覚悟を決めて、実は勝手にホテルを予約していた。飲み屋やカフェでは落ち着かないだろうし――関係をはっきりさせたら、もう一気にやることまでやってしまった方が、その後「いつやるか、どうやるか」などとそわそわした日々を送らなくてすむだろうという、熟考の末に。

移動の間、一言も言葉を発しなかった組木が、部屋に入るとようやく森吉の腕を離した。摑まれている時は緊張のためか気づかなかったが、押さえつけられていたせいで腕が痛んでいる。

組木の部屋は狭いと本人は言っていたが広めの１ＬＤＫで、綺麗に片付いていた。雑誌にでも出てきそうなシンプルだが趣味のいい部屋。カウンターキッチンにダイニングテーブル、リビングにソファと大きなテレビ、奥の部屋にベッド。

組木はソファにどさりと腰を下ろし、腕をさすっている森吉に気づいて、眉を顰《ひそ》めた。

「――すみません。痛かったですか」

「いや……」

割と痛かったが、森吉は首を振った。

「返事を聞かせてください」

組木はすぐに本題に入った。座ったソファの横を叩いている。

「ここに来て」

「いや、ちょっと、そんなに近くに行くのは」

ソファは二人掛けだ。隣に座ったら、嫌でもどこかしら体が触れてしまう。

会社から、森吉を見る時にずっと睨むようだった険《けわ》しい組木の顔が、不意に、変わった。

辛そうに眉を寄せている。

「俺は、振られるんですか」

「えっ」

その顔を伏せ、組木は自分の脚に肘《ひじ》を突いて、項垂《うなだ》れてしまった。

「もしかして最初からからかわれていて、俺のみっともない反応を見て笑ってるんじゃないかとか。――森吉さんはそんな人じゃない、ド天然なだけなんだとか。いや、無意識にあんなふうに誘って煽《あお》るようなことをする人がいるわけないとか……からかわれてるんだとしたら、最終的に俺は振られるんじゃないか、とか」

組木は深々と、地の底に沈んでしまいそうなくらいの溜息をついている。

「考え過ぎて、疲れました。この一週間以上、じわじわと真綿で首を絞められてる感触しかなかった」

そこまで組木が思い詰めていたことに、森吉は驚いた。

「森吉さんはいつもと変わらない顔で平然としてる。森吉さんに声をかけられるたびに、逃げられるたびに、俺が一喜一憂してること、気づいてないはずがないのに」

「……」

心底から疲れた、という様子の組木を見て、森吉はソファの方へとそっと歩み寄った。

そのままラグの上に膝をついて座り、組木の膝に両手で触れる。

「……」

組木は何かを疑るような、警戒するような顔で、森吉を見返した。

「悪い。組木がそんなふうに思ってるの、全然気づかなかった。本気で」

組木の眉間の皺《しわ》が深まる前に、森吉は急いで言を継ぐ。

「むしろ、組木の方こそ、普段と変わらないなと思ってた。俺ばっかり舞い上がって、ジタバタして、そういう自分を見透かされてるだろうなと思って恥ずかしくて……」

どうもお互い、相手への評価が高すぎるのではと、森吉はおかしくなってしまった。

「そうか、組木も一緒か。何だか安心した」

森吉の手に組木の手が触れた。ぎゅっと握られる。

組木が困ったように笑っていた。

「恋愛下手くそすぎやしないですか、俺たち」

「もうちょっとスマートにやると思ってたよ、俺はともかく、組木は」

「それはこっちの台詞《セリフ》です。最初から俺、恋愛沙汰はトラウマなんですよ。それでも人を好きになる気持ちがなくならなくて、毎回痛い目を見てるのに……おまけにこんな、困った人を好きになってしまって」

「ありがとう」

ごめん、と言うのも少し違う気がしたので、礼を言うと、組木が何とも言えない顔になってから、小さく噴き出した。

「俺は森吉さんのことが好きですよ。森吉さんも、俺のことを好きになってくれたら嬉しい」

「うん。好きになった」

あれこれ考えていたことが馬鹿馬鹿しくなるほどすんなりと、森吉は正直な気持ちを口にしていた。

組木の両手が、今度は森吉の背中に回る。肩に頭を乗せられ、組木の髪が頬や首筋に当たって、少しこそばゆい。

「ちゃんとつき合おう。つき合ってほしい」

「……喜んで」

「うん」

頷いた時、強い力で体を引っ張り上げられた。組木の隣に座らされ、抱き締められる。

森吉も、当然のように組木を抱き返した。

「……抵抗が消えたわけじゃないですよね？　俺が男だ、ってことに」

問われて、森吉は素直に頷く。

「組木に会うまで、考えたこともなかったからな」

「周りに関係をオープンにしたいとか、そういうのはありませんから。人前では慎《つつ》ましやかに、節度を持って」

「そうだと、助かる。誰が相手でも、人目を憚《はばか》らず路上でいちゃつくカップルとか、苦手なんだ」

「こっそり愛を育《はぐく》みましょう」

組木の言葉に、森吉は笑って頷いた。

「ああ」

組木が身じろぎ、その片手が森吉の手に当たる。森吉は近づいてくる組木の顔を少し眺めてから、目を閉じた。すぐに唇が触れる。

短く触れ合っただけなのに、そこから組木の自分へ向けた愛情が流れ込んでくるような、優しいキスだった。

（キスひとつでこうも幸せを感じられるとは）

組木への気持ちを自覚してから、森吉だって組木に触れたくて仕方がなかった。

自分も相手の頬を挟み込むようにして触れ、離れた唇を追いかけてまた触れる。

「——半分くらい、振られるかもって思ってました」

続いたキスの合間に、しみじみした口調で組木が呟くもので、森吉は苦笑した。

「悪かった。思わせぶりにしてるとか、そんなふうに取られてるなんて想像もしてなかったよ」

「時々腹が立ちすぎて、そんなに挑発するなら、無理矢理手籠《てご》めにしてやろうかって思い詰めたり」

また冗談めかした組木の口調の、今度は八割くらいが本気に聞こえる。

自分をそんな目で見ていたのか——と思ったら、森吉は落ち着かない心地になってきた。

「俺も、組木に触れてみたくて、セクハラめいたことをして後悔したり」

「合意なら、ハラスメントにはなりませんよ」

「そうだな。合意なら、手籠めって表現にはならない」

「……」

じっと、組木が森吉の真意を問うように目を覗き込んでくる。

間近でみつめられるのが照れ臭かったが、逃げずにみつめ返すと、森吉の背筋が震えた。

抱きたい、と組木の瞳が語っている。それでもう、あっさりと森吉の肚《はら》は決まってしまった。

「シャワー、借りても?」

問うと、返事の代わりに目許にキスされた。

「家に連絡しなくて大丈夫ですか？　今日、帰れませんよ、森吉さん」

「……じゃ、メッセージ入れとく」

やり取りがどうもむず痒《がゆ》い。森吉は兄妹で作ったメッセージのグループに「今日は帰らないので、戸締まりをしっかり」と一報を入れてから、組木に案内されて風呂を使った。

さっとシャワーで汗を流して出ると、バスタオルだけが一枚、脱衣所に置いてある。それを腰に巻いてリビングに戻ったら、組木がグラスに酒を作ってくれていた。入れ替わりに組木がシャワーを浴びる間、ありがたく、ソファでウイスキーの水割りをちびちびと飲む。

組木もあっという間にシャワーを終えて、森吉が大して酒を飲む間もなく、戻ってきた。タオル一枚の相手を見るのも照れくさく、手許のグラスに視線を落としていると、それを組木に取り上げられた。そのまま手を引かれ、ベッドまで連れていかれる。

並んでベッドに腰掛け、どちらからともなく身を寄せて、再び唇を触れ合わせた。どちらからともなく、今度はもっと深い触れ合いになる。

（やっぱり俺が、お姫さまか？）

そっと背中を支えられ、肩を押されて、森吉はベッドの上に仰向《あおむ》けになった。上に組木がのしかかってきて、キスが続く。

組木にそうされることに、森吉はまったく抵抗を感じなかった。触れられることが、単純に嬉しいだけだ。

嬉しくて――気持ちいい。

すでにタオルは取り上げられ、まだ湿った組木の肌が直接森吉の肌に触れる。組木は丁寧な仕種で森吉の顔中に唇を落とし、首筋にもキスしながら、絶え間なく腕や腰に触れてくる。

「……ん……」

まだ強い快楽を与えられているわけではないのに、森吉の心臓はやたらと高鳴り、触れられてもいない中心に熱が集まっている。期待だけでその部分が固くなり始めていた。嫌というほど自分でもそれがわかって、照れ臭すぎたが、ちらりと目を遣れば組木の方もまったく同じ状態のようだったので、ほっとする。

「――よかった。俺が相手でも、森吉さん、興奮してくれてる」

組木の方は言葉にしてきた。言うなよ、という気持ちを込めて、軽くその背を殴ってやった。

「組木が相手だから、だろ。おまえ、エロいよ」

「森吉さんは、よく『こっちの台詞だ』っていうことを言いますよね」

「それこそ、こっちの台詞……、……ッ、あっ」

固く反《そ》り返ったものに、遠慮なく触れられた。掌《てのひら》で柔らかく弄《いじ》られ、腰がびくつく。足の間が湿っているのは風呂上がりのせいだけではなく、もう先走りが溢れ出して止まらないからだ。

(滅茶苦茶興奮してる)

セックスとは、こんなに気持ちと体の昂ぶるものだっただろうか。

「嫌じゃないですか？」

見ればわかるだろう、それとも羞《は》じらわせて楽しんでいるのか——と文句を言いたかったが、自分を見下ろす組木が少し不安げなことに気づいて、森吉はただ笑って首を振った。

「気持ちいいよ」

組木を抱き寄せて、唇を合わせる。森吉から積極的に相手の舌を求めて絡めた。触れるところ全部が熱っぽい。組木の舌も、肌に触れる掌《てのひら》も、下肢《かし》の間で巧《たく》みに動く指も。

「……はっ、……っ……、……」

先端を擦《こす》られ、たまらず漏れそうになった声をあやうく堪える。

「これ……って、俺、組木に任せっぱなしでいいのか……？」

自分ばかりよくしてもらっているようで、少し気が引ける。息を切らしながら訊ねた森吉に、蕩《とろ》けるような組木の笑みが返ってきた。

「今日は好きにさせてください。森吉さんにしてほしいことがあれば、何でもしますよ」

「うーん、初めてだから、よくわからないし……気持ちよくしてくれ」

せっかく触れ合うのだ。その方がいい。やり方は組木の方がわかっているだろうから、身を委《ゆだ》ねることにしてそう言うと、一度、痛いくらいに抱き締められた。

苦しかったが文句を言う気にはならない。それはそれで、心地のいい抱擁《ほうよう》だった。

組木は丁寧すぎるほど丁寧に、森吉の体中に触れた。そんなところも、と思う場所も、冷静になったら耐えられないような格好をさせられて触れられ、歯を立てられ、吸われて痕を残されて、森吉はすっかりされるままだ。

「あ……っ、……いい……」

森吉はただ感じるままに、小さく声を上げた。どうしても堪えきれなかったし、そのたびに組木の触れ方に熱がこもるので、余計に興奮する。

胸にも触れられ、最初はくすぐったいだけだったのが、次第に予想外なほど感じるようになって、戸惑った。困った顔で声を殺す森吉に気づいた組木が、重点的にそこを舐め、吸い上げ、指で捏《こ》ねたりするものだから、参った。

「ここも、気持ちいいですか？」

「……聞くなよ、見れば、わかるだろ……っ」

身を起こされ、後ろから抱き込まれる。しつこく乳首を捏ねられながら、下肢の昂ぶりも刺激される。森吉は組木の方に背中を押しつけるようにして身をすり寄せ、何度も身震いした。

茎《くき》を弄っていた濡れた指で、もっと奥にある窄《すぼ》まりに触れられた時には、さすがに緊張した。

組木は何かぬめった水分を絡めてさらに指を濡らして、窄まりの辺りを擦ってくる。

「……何……？」

「体には害のないローションです」

さすが、用意がいい。手慣れている。素直に感心したつもりだったのに、ふと笹尾の顔が浮かんで、胃の辺りがもやついた。

「ここで、森吉さんと繋がりたいけど——無理にはそうすることもないんです。合わない人もいるし」

「……いいよ」

もやもやを払拭《ふっしょく》するために、森吉に迷いはなかった。

「俺もそうしたい」

首を捻《ひね》って背後の組木を見上げようとしたら、唇が降りてきたので、目を閉じる。自分の中に組木の指が侵入してくるのを感じながら、森吉はまた組木と舌を絡めた。

組木はまた丁寧に、森吉が「もういいから挿れてくれ」と泣き言を漏らすまで丁寧に、中を弄り続けた。同時に前も責められて、なのにいきそうになるとはぐらかされ、いきたくて、いきたくて泣きたくなる。

何でもいいから終わらせてほしかった。このまま絶頂を迎えられずにはぐらかされてしまったら、と怖くなった頃、組木の固い昂ぶりが、濡れきって柔らかく解《ほぐ》された場所に宛《あて》がわれる。

腰を支えられたまま、ベッドに横たえられた。片脚を抱えられ、ぐっと、中に熱の塊《かたまり》が押し入れられる。

「……ッ……」

まともに声も出ない。息を詰め、少し強引な動きで中に入り込む組木の存在ばかりに意識を取られた。

「……ぅ……、……ん……」

強烈な圧迫感。組木が自分の中に入っている、と思うことで、辛いのに、森吉の気持ちも体も昂ぶった。

ゆっくりと、奥まで、組木に侵入される。ぼろっと、勝手に涙が出てきて驚いた。

深く身を収めたところで、組木に抱き竦《すく》められる。

「……きもちいい……」

繋がった部分が怖いぐらいずきずきと脈打っているが、言葉にし難《がた》いほどの充足感があった。

抱き締められると、目が眩《くら》みそうになる。

「俺も……森吉さんの中、気持ちいいです」

耳許で囁かれると、背筋が震えた。どうやら自分はとりわけ組木にそうされるのが弱いらしいと気づく。勝手に息を乱していると、少しずつ、中で組木が動き始めた。

「ん……っ、ん……」

横たわったまま、後ろから中を擦られる。腰の前に手が回り、上を向いたままだらだらと体液を零《こぼ》し続けているペニスにも刺激を与えられた。

「っ、ぁ……っ、ん、……ッ」

揺さぶられるたび声が漏れる。森吉はぎゅっと目を閉じて、自分の中で動く組木の熱と、前なかった。

唇をつけたまま名前を呼ばれ、耳の中にダイレクトに組木の声が入ってくる感じが、たまら
「森吉さん……っ」

組木の声が次第に荒くなり、艶が混じってきて、それにも煽《あお》られた。

に与えられる快楽をひたすら追った。


丁寧だった組木の動きが、少しずつ荒くなる。焦《じ》れたように強く腰を掴まれ、這うような格好にされた。後ろから強く腰を打ちつけられる。森吉はもう自分がどんな言葉を口にして、どんな声を上げているのか、自分でもわからなくなる。腹の奥の方から得体の知れない熱の塊が迫《せ》り上がってきて、それを外に出したくて、出したくて、耐えがたくなる。

「あぁ……！」

組木に後ろから貫《つらぬ》かれたまま、森吉は大きく身震いすると、射精した。出すことがこんなに気持ちいいのかと驚くほど、強烈な快感だった。

「……んっ」

少し遅れて、組木が深く森吉の中に入り込んだところで果てた。

お互い荒い息が整わないまま、組木が森吉の中から自身を抜き出す。森吉の体は弛緩《しかん》して、ちっとも力が入らないのに、組木が出て行く時に勝手に震えた。

組木にぐったりした体を抱き締められる。

（何て多幸感《たこうかん》だ、これは）

すべて預けるつもりで組木の方に身を寄せた。

髪を撫でられる感触がして、その心地よさに森吉は大きく息を吐いた。組木の笑う声がする。

「うん……？」

「気持ちいい、っていう感じの溜息を吐くから」

「だって、気持ちいいよ」

目一杯、愛された感じがする。

「俺も、すごく気持ちよかったです」

組木の方だって、いかにも満足、という声を漏らすので、森吉も笑った。

心地よい疲労感ごと組木に身を委ね、森吉はぐったりと目を閉じる。

（もう一回、シャワー浴びたい……けど）

あちこちべたついて少し落ち着かないが、組木から離れる気が起きなかった。

「あー、明日、着換え、どうするか……」

当然ながらここに来るのが急すぎて、森吉には何の準備もない。一度家に帰って、着がえるしかないか。

「新しい下着とシャツ、ありますよ」

「……おまえの？　借りていいのか？」

「森吉さんのです」

「……俺の？」

「こういう時が来て、些細《ささい》なことが障害になって中断したり、お預けになったら、困ると思って」

「……」

森吉は自分の腹に回った組木の腕を力いっぱい握り込んで、声を殺して笑った。

俺は振られるんでしょうかと不安そうだったくせに、きっちりとそういう下準備をしていた組木は用意周到すぎて、そこが、最高に好きだと思う。

「やっぱりおまえは、本物だよ」

「何がですか？」

組木に不思議そうに問われ、森吉は自分がどんなふうに組木を評価していたか、ゆっくりと話すことにした。

組木の方も、森吉のことをどう思っているのか、同じくらい長い時間をかけて教えてくれる。

ポンコツ、と言われた時は、何て的確な表現をするのかと感心して、ますます組木のことが好きになったし、それでも組木が自分のことを好きでいてくれることが、どうしようもなく嬉しかった。

「組木にはポンコツって言われるし、庸介には人の心がないって言われるし……」

「弟さん？」

「うん。昔から、俺の正体を唯一知ってた奴」

「森吉さんの正体、か……」

組木が妙にしみじみと呟いた。

本性を知ってもなお好きだと言ってくれる組木は、本当に、すごい男だと森吉は思う。

「格好つけるのが癖みたいなもので、なかなか直らないんだ。でも組木を変にやきもきさせたり、悲しがらせたり、怒らせたりは、もうしたくないんだけど……難しいな」

話す森吉の言葉を、組木は黙って聞いている。

「組木が落ち込んで仕事のミスもするなんていう姿、見るのは嫌だったよ。俺のせいなんだから俺は何もするなって弟に怒られたけど、関われないのは嫌だった」

「……」

「これが組木以外だったら、まあもっともだろうって引き下がれたかもしれないけど。余計なことしたら傷つけるだけだって言われたのに、放っておけないとか、俺は本当に人の心っていうのがないのかもなあ」

「……いや……」

組木が、呻《うめ》くように何か呟いている。森吉は首を捻って背後の組木を見返すと、なぜか、キスされた。

「俺が嫌がっても、余計傷つけるとしても、関わらないのだけは嫌だったっていう感じですか？」

「ああ、うん、そんな感じだな」

自虐的《じぎゃくてき》に笑うと、今までで一番強く抱き締められ、森吉は驚いた。

「森吉さんは、俺のことより、俺が好きだっていう自分の気持ちを何より優先させた、と……」

「ごめんな。結局、自分の気持ちしか考えてなくて――」

組木に体をひっくり返され、お互い向き合う格好になる。

組木がひどく嬉しげに笑っている表情に、森吉は驚いた。

「人を好きになるって、そういうものですから」

「……そうか？」

「はい」

森吉にはまだよくわからなかったが、一途に人を好きになる組木がそう言うのだから、そうなのだろう。

「他の人だったらやり過ごせることでも、それが無理だっていうのは、相手が特別だからってことでしょう？」

――そうかもしれない。組木が相手でなければ、あのまま距離を置いて、そしてそのうち終わっただろう。

「森吉さんのことが特別好きだから逆に許せない、っていうところは、どうしても出てくるかもしれないですけど」

組木の言葉で笹尾のことを思い出し、森吉は少しだけ胸が重たくなった。

だがそっと頬や目許に触れられ、その触れ方が大事そうな、ひどく優しいものだったので、すぐに胸の重たさが消える。

「森吉さんが俺だけを特別に好きでいてくれるなら、ひとつ困難があるからそれでおしまいっていうことには、絶対なりません。終わらせない。俺も森吉さんだけが特別大事なので、地の果てまで追っていきます」

「おお……心強いな……」

未だ『ポンコツ』の自分には、何が正解でどうすれば組木を傷つけず、大切にできるのか、手探りでやっていくしかない。

しかし組木がそうまで言ってくれるのなら、簡単にこの関係が壊れることもないだろう。

(よかった。俺が好きになったのが、こんなに完璧な男で)

森吉はひどく満足した心地になって、組木の背中に腕を回して抱きついた。

組木も力強く抱き締め返してくれたので、森吉はすっかり安心した気分でそのまま目を閉じた。

きっとあなたの
ことだから

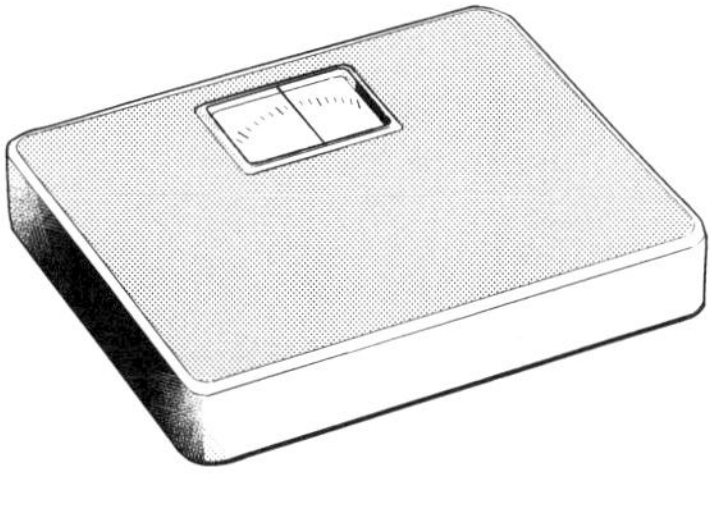

kitto anatano
kotodakara

1

完璧な男というのは料理の腕だって一分《いちぶ》の隙がなく、森吉《もりよし》はあっという間に組木《くみき》に胃袋を摑まれた。

「森吉さんの料理だって、相当ですよ」

森吉と組木がつき合い始めて二ヵ月以上が経った。

平日は時間があれば一緒に食事か飲みに行き、週末もお互いに他の予定がなければ森吉が組木の家に泊まって、二人きりで過ごす。

組木の家にいる間は、料理が得意だという家主《やぬし》の作るものを堪能《たんのう》するが、さすがに任せっぱなしでは悪い気がしたので、そのうち森吉も腕をふるい始めた。

森吉は森吉で、子供の頃から共働きの両親に代わって料理を作ってきたから、組木の言うとおり料理の腕はなかなかのものだ。

「でも盛り付けのセンスは、絶対に組木の方が上だよ。このまま店に出せそうだし、写真を撮ったら雑誌なんかにも使えそうだ」

鯵《あじ》のミラノ風カツレツ、ルッコラにチーズとミニトマトを散らしたサラダ、ムール貝とパプリカのクリームスープ。献立《こんだて》もいちいちお洒落《しゃれ》だし、使う皿も盛り付け方も、カトラリーひとつ取っても組木らしくセンスがいい。

「俺のは、いかにも雑誌を見て勉強しましたっていう、ある意味男の見栄張り手料理でしょう。俺は森吉さんの家庭的な味がすごく好きですよ」

対して森吉が得意なのは、ニンニクと生姜《しょうが》の効いた唐揚《からあ》げやら、炊込《たきこ》み御飯やら、具沢山《ぐだくさん》の味噌汁やら、肉じゃがやら、体育会系の部活に励《はげ》む弟妹《ていまい》たちを満足させるために、とにかく量とカロリー重視の大皿料理がメインだ。

「うちは出来合ばかりだったので、こういう料理が嬉しいんです」

などと組木に言われたもので、森吉は俄然《がぜん》張り切って、先日は弁当を作ってこっそり会社に持っていったりもした。照れ臭いので「弟たちのついでに」と断りを入れたのに、組木がひどく嬉しそうだったから、森吉は素直に「でも組木の好物も入れておいたからな」と付けくわえて、ますます組木を感動させた。

——というように、交際はまったくもって順調だ。

組木は絵に描いたように理想的な恋人だった。この二ヵ月、喧嘩や些細《ささい》な言い争いもない。「できるだけ森吉さんと一緒にいたいです」と真摯《しんし》に告げられ、森吉が応じない理由はなかった。

森吉だって同じ気持ちだったのだ。

(おかげで、庸介《ようすけ》にはもはや呆れられてるけど)

一番下の弟には、組木とうまくいった旨《むね》を報告し、「だから聞きたくないっての、いちいち教えてくれなくていいよ」と邪険《じゃけん》にされた。本当はあれこれと惚気《のろけ》話をしたいのに逃げられている。

月に何度も泊まりで出掛ければ、さすがに上の双子たちにも「慧《けい》兄ちゃん、彼女できたでしょう」と見透かされていた。

彼女ではなく彼氏であるということは、この二人にはまだ打ち明ける段階ではないと思うので、「おつき合いしている人がいます」とだけ答えているが。

「森吉さん、そういえば来月の半《なか》ば過ぎあたりは、土日丸ごと時間ができるかもって言ってましたよね」

夕食を終え、お互いくつろいだ気分でソファに並びコーヒーを飲んでいた時、思い出したように組木が言った。

「ああ、やっとな」

交友関係が広い森吉は、平日も週末も常に何かしらの予定が入っていることが多い。土曜日の今日も、午前中は母校の部活動に顔を出し、後輩に昼食をおごってからようやく組木の部屋に辿り着いた。夜には海外出張から帰ってきた母親を空港まで迎えに行かなくてはならず、明日は明日で、昼に友人の新築祝いのお披露目《ひろめ》ホームパーティーに招かれているから、この土日で森吉が組木と過ごせるのは、今日の昼過ぎから夜までしかなかった。

本来であればつき合いたての恋人同士、平日だろうが週末だろうが可能な限り二人きりで過ごしたいところだったが、何しろ誰にでもいい顔をして頼まれごとや誘いを断らない森吉の悪《あく》癖《へき》のせいで、なかなかままならない。

組木とつき合う以前からの約束がようやく消化されるのが、組木の言う来月半《なか》ばだった。

「新規の約束は、よほど断れない用事でなければ入れないから」

「本当に？」

森吉の言葉を、組木が少し疑り深そうに問い返すのも無理はない。組木が誘っても、森吉の大抵の土日はすでに誰かとの約束で埋《う》まっていた。「組木の誘いを断る口実ではないからな」と、森吉は、何度も念を押さずにはいられなかった。

「本当に。恋人と先約があるって言えば、みんなちゃんとわかってくれるよ」

恋人なんかより友情を優先しろ、などというタイプは、幸い森吉の親しい友人の中には存在しない。

「ありがとうございます」

森吉の言葉に、組木が目許《めもと》を和《なご》ませた。

森吉は少し首を傾《かし》げる。

「俺が組木と一番にいたいだけなんだ、組木が礼を言うところじゃないぞ？」

万が一にも組木が、自分が優先されることに対して引け目を感じているのであれば、とんだ誤解だ。

そこもわかってほしいので森吉が言うと、はい、と組木が頷き――森吉の方へと身を寄せてきた。

「……?」

自然な動きで組木の手に顎《あご》を取られ、唇を重ねられる。返事代わりにキスされる理由はわからなかったが、拒《こば》む理由はないので森吉は大人しく目を閉じた。

拒む理由がないどころか、もちろん歓迎だ。

「ん……」

組木はすぐに森吉の下唇を吸い上げ、歯を立ててくる。森吉もそれに応《こた》えた。相手の唇を吸い返し、差し出された舌に舌で触れる。

キスをしながら、互いの体に手を這わせ、邪魔な服をたくし上げて素肌に触れる。森吉は脇腹から腰の辺りを撫でられ小さく身震いして、自分も組木の脇腹に手のひらで触れる。

「……くく」

組木が小さく笑い声をこぼしている。

「森吉さん、少し、こそばゆいです」

「いや……おまえ、つくづく、いい体してるよな」

官能的な気分で触れたはずだったが、組木の腹筋が綺麗に割れている感触に感心して、森吉は相手のシャツをまくり上げるとまじまじそこを眺めてしまった。

さすがにアスリートとまではいかないが、世間一般の二十六歳よりは立派な筋肉だろう。

「先週の土日、森吉さんが構ってくれなくて暇だったから、ジムに通い詰めていたんですよ」

遠慮なく触り続ける森吉の指がよほどくすぐったかったらしい、組木がその手を掴んで動きを阻《はば》みながら、冗談めかした口調で告げてくる。

「そうか、本当に組木はストイックだよな。空き時間も自己研鑽《けんさん》に余念がない」

「喰いついてほしいのはそこじゃなかったんですが」

「うん？」

「いえ。森吉さんに時間が出来るのが、楽しみです」

「そうだな、今日もだけど、隙間時間を使って会うようなのも別れが名残惜《なごりお》しいばっかりだし
……っ、ぁ」

腰骨の周囲を指で辿《たど》られて、森吉は他愛《たわい》なく甘い声を上げた。その辺りが自分の苦手な部分だと、組木とつき合うようになって初めて知った。

「せっ、せっかくだし、泊まりで、どこか行くか？」

仕返しとばかりに、組木の背筋に掌《てのひら》を這わせながら訊ねる。

「どこかって、俺の家以外で……ってことですか？」

組木はびくともしなかったが、吐息と声音に熱っぽさが滲《にじ》んできている。仕返しの仕返しな

のか、森吉の腰に触れる手つきが執拗《しつよう》になった。

「……ぁ……、……そう……近場でもいいから……、……ちょっといい旅館で、部屋ですごくいいメシが食べられる、ような……」

「……いいですね、ついでに、ちょっといい温泉なんかがあって」

「交通費よりも、宿に金をかけるような……感じ、で……、……んんッ」

「調べておきますね」

話しながら、組木は森吉のシャツをはだけ、首筋に唇を寄せている。痕がつかない強さで甘噛みしつつ、片手は腰に触れたまま、反対の指先では森吉の胸の先にやわやわと触れ出した。

されるがままという体勢になるよりはと、森吉は組木と向かい合って相手の両脚に跨《また》がるように移動する。

目の前に来た森吉の乳首を、組木が当然のような仕種で唇に咥《くわ》えた。何だかそうして欲しいとねだってしまったようなのが若干《じゃっかん》恥ずかしく、森吉は組木の頬を両手で摑んで顔を上げさせた。もう一度、深いキスを交わす。

「あんまり、時間ないから……挿《い》れるのは、なしな」

キスの合間に、森吉はそう囁いた。ざんねん、と吐息を漏らすように言った組木の唇を熱心な動きで吸い上げてから、「俺も」と返す。視線が合って、組木が惜しそうな、嬉しそうな、相反する表情で笑い、その様子になぜか森吉はやたらきゅんとした。

「よさそうな宿、俺も調べておくな」

そう言って、もう一度、組木の唇を丁寧に塞《ふさ》ぐ。

「――楽しみです」

組木が微笑んで、ことさら丁寧に――少ない時間でも濃密に過ごそうとするように森吉の肌に触れ、森吉もまったく同じ気持ちで、恋人との逢瀬《おうせ》を楽しんだ。

◇◇◇

何だか少し胃が重たいなと森吉が思ったのは、組木と小旅行の約束をした翌々週の半ばだった。

(この間の土日は飲み会続きで、月曜も火曜も組木と結構食べたからなあ……)

元々、森吉はさほど食に執着のある方ではない。日頃の朝食はコーヒーで済ませ、昼は社食で栄養バランスがよく低カロリーな日替わり定食がワンコインで食べられるから社内にいる時はそればかり、夕食は食べ盛りの弟妹たちを満腹にするのが最優先で、自分のおかずを譲ることもある。

うまいものは好きだが、多人数での飲み会だのバーベキューだのでは幹事を務めることが多く、自分が食べるよりもみんなに食べ物が行き渡っているか、空いているグラスはないかと気を配る方が優先で、自分の食事はお留守になる場合がほとんどだ。

しかし先週末の飲み会は別の幹事が主催したもので、周りの男女問わずから食べ物を取り分けられ、酒を勧《すす》められて、断れなかった。また「ええかっこしい」の弊害《へいがい》だ。

（で、組木と食べると……やたら料理がうまい気がして、箸《はし》が進んじゃうんだよなあ）

今週の月曜日と火曜日に限らず、組木と一緒にランチや夕食に行く時、飲みに行く時、何でもうまくてもりもり食べてしまう。

組木の方も、森吉が喜ぶのが嬉しいようで、どんどんおいしい店を発掘してくれるし、森吉だって組木がうまいと言ってくれる顔を想像して、いろんな店をリサーチする。

もちろん、組木の家でどちらかの手料理が出てくる時も同じだ。お互い、足りないよりは余る方がいいという勢いで、あれこれと料理を生産する。

そして余らせなどしないぞという勢いで、食べ尽くしてしまう。

（ちょっと、胃薬入れておこう……）

そう思ったのが、水曜日の朝。

その日の夕方も、お互い用事がなかったので、組木のリクエストで焼肉食べ放題になど行ってしまった。

最近は肉ばかりというのもなかなか厳しい年齢になってきた——と思っていたはずなのに、組木とやっぱり最初はタン塩から、上カルビ安いですね、ミノが好きなんだよ実は、あっ生タンステーキもいいですね、などとやっているうちに、おまえは高校生かと自分でもおかしくなるくらいの量を食べてしまった。

――しかし、おもしろがっていられたのは、その日自宅に戻ってから風呂に入った後、脱衣所でふと洗面所の鏡に自分の姿を映した時だった。

「……」

体を拭《ふ》くのも忘れ、まじまじと、己の体――特に、腹の辺りをみつめる。

「……なんか、……丸い？」

腰骨の辺りの輪郭《りんかく》が、以前と違う気がする。

もう少し、こう、骨が鋭角《えいかく》に出っ張っていた気がするのだが。

「……？」

鏡越しではなく、直接腰に視線を落とした時、脱衣所のドアが前触れなく開いた。

「あ、悪い、慧兄入ってたのかよ」

ドアの向こうでは、末弟《まってい》の庸介が、風呂に入るつもりだったのか着替えを手に立っている。

「てか、何やってんだよ、びしょ濡れのまま突っ立って。終わったんなら俺入りたいから、さっさと出て」

棒立ちの兄を見て庸介が怪訝《けげん》な顔をしている。

「あ、ああ」

急《せ》かされて、我に返った森吉はバスタオルを手に取り、ようやく体を拭き始める。待つのも面倒だと思ったのか、庸介はそのまま脱衣所に入ってきた。家族の多い森吉家の脱衣所はそこそこ広く、男二人が入ってもゆとりはある。

とはいえ邪魔だろうからと隅に避《よ》けた森吉は、弟の視線が自分の方に向けられているのに気づいて、ぎくりとした。

庸介は微《かす》かに眉根を寄せ、森吉の体を頭から爪先《つまさき》まで眺めている。

「――慧兄、なんか、丸くなった？」

「……！」

まさしく自分が思ったのと同じことを庸介に指摘され、森吉は風呂で温まったはずの体に冷や水を浴びせられたような心地を味わわされた。

森吉が二の句を継げないうち、庸介はさっさと服を脱ぎ捨て、浴室へと姿を消す。

「……マジか……」

森吉はまた体を拭くのも忘れ、鏡に映る自分の姿を見て蒼白《そうはく》になった。

◇◇◇

そういえば、たしかに、最近運動らしい運動をまったくしていなかった。

自室へと戻り、ベッドに腰掛けつつ改めて自分の腹回りを両手で触って、森吉は溜息を吐く。中高の頃はテニス部で鍛《きた》え、大学は体育会系でこそなかったがやたら真剣に練習や合宿を頑張るテニスサークルに所属して、日常的に体を動かしてきたのだが。

就職してからも、同じくテニスをしている双子に付き合って市民コートで練習相手になったり、友人とスカッシュなどで遊んだり、何となく鈍《なま》っているなと感じた時は自宅でできる筋トレや軽いジョギングなどもやっていたり、したはずなのだが。

ここ数年は、すっかりそういったことから遠ざかっていた。自分が運動していないことにすら意識が向いていなかったのだ。先日母校の部活を訪れた時も、せいぜい球出しをしたり、フォームの見本を見せる程度で、ろくに動いていなかった気がする。

（それで、最近の暴食だろ……）

運動もしていないのに食事がうまい、というのは、なかなかよくない気がする。組木と一緒だと箸が進むなどと言っている場合ではない。

（俺だってもう三十路《みそじ》が近いんだ、そろそろ食に気をつけるべき歳だよな）

何も考えずに食べたいだけ食べていたこの数ヵ月を、森吉は猛省《もうせい》する。十代の頃のように、食べても食べても空腹で、スタミナがなくなるからウェイトを減らすなと顧問教師に叱られまくっていた体ではないのだ。

（胃にも負担だし、もう少し食べる量に気をつけよう……）

あまり自分の体に自分で触れたこともないので、具体的にどれくらい丸くなったのかはわからないが、掌で撫でてみると以前と手触りが違う――気がする。やはりもっと、腰骨がゴリゴリと掌に当たっていたはずだ。

（そういえばこの辺、組木がよく、しつこく触って……、……）

嫌な可能性に思い当たり、森吉はこれ以上はないというほど、さらに青くなった。

もしや、組木は、森吉の腰回りの肉づきの感触が気持ちいいから、やたら腰を触ってくるのではないか。

そのうち――腹肉を、摑まれるようになるのではないか。

組木はそんなことをしない。そう思うのに、浮かんできた想像に森吉は震え上がった。

（組木自身はあんなにストイックに、体を造り上げているのに……！）

ストイックというには、組木の腹筋はうっとりするような眺めだし手触りだし、エロティシズムを感じすぎるが。

とにかくきちんとジムに通い、努力してあの体型を維持《いじ》しているのだ。

それに比べて、自分の怠惰《たいだ》な体に、森吉は情けなくなってくる。

（組木がちゃんと体を鍛えてるってことは、それが理想というか、望ましいからだろう？）

――とすると、このまま森吉の体がさらに弛《たる》めば、組木に幻滅《げんめつ》されるのではないだろうか。

何しろ組木は理想が高い。しかも、一度幻滅すれば、顔も見たくなくなるほどの拒絶を表すことは、組木の別れた恋人の一件で森吉も嫌というほど思い知らされている。

（組木がルッキズムを重視しているとは思わないけど……見た目云々《うんぬん》より、怠惰に呆れて見放されるっていうことは、ありえるか……？　……ありえるな……）

恋人に愛されたいのであれば、その努力をするべきだと、組木は絶対に思っているはずだ。事実そういう会話をした覚えがある。駄目なところがあれば直すと言っていた。裏を返せば、直す努力をしないような相手は恋人として失格、ということでは？

「まずい……それは困る……」

森吉は両手で顔を覆った。心なしか、顔の輪郭、特に頬の辺りが、以前よりふっくらしているように感じられて、怖《おそ》ろしくなってきた。

風呂の短い庸介が部屋に戻る音がしたので、森吉は自室を飛び出すと、大急ぎで脱衣所に戻った。普段はほとんど乗らない体重計を引っ張り出し、おそるおそる乗ってみる。

そして、絶句した。

何度見ても、体重計の針はあり得ない場所を指している。

今年の春先に会社の健康診断があり、体重も計ったが、その時から七キロも増えている。

「な……っ、……七キロ……？」

よろめくように、森吉は体重計を下りた。

震える手で、体重計を元の通り脱衣所の隅に追い遣り、ふらふらとまた部屋に戻る。

（七キロはないだろう……七キロは駄目だ……）

いくらなんだって増えすぎだ。やはり組木と楽しく食事をし過ぎてしまった。

（——ジム、ジムだ、スポーツジムに入ろう。あと、あれだ、糖質制限だ）

このままでいいはずがない。組木にこの体重増加をはっきり知られる前に、元の体型に戻さねば。

（来月、泊まりだぞ。この間は、ちゃんと服を脱がずにお互い座ったままで、組木にまじまじ見られたわけじゃなかったけど……）

組木と小旅行に行って、旅館に泊まれば、当然ながら同じ部屋の並んだベッドないし布団で寝るだろうし、その状況でただ眠るだけなどあり得ない。

真正面から見られれば、もう誤魔化《ごまか》しは効かないだろう。何しろ七キロも太ったのだ。

（せめて、努力はしていますという事実を作って……いや、旅行までに、何としても元どおりに）

森吉はノートパソコンを立ち上げ、自宅近くのジムの入会方法と、糖質制限についてを調べた。調べ上げた。

2

「ごめん、今日はちょっと、用事あって」

森吉《もりよし》から申し訳なさそうに言われて、組木《くみき》はかすかに眉を顰《ひそ》めた。

今日の業務を終え、森吉の方も帰り支度を始めるのを見計らって声をかけたのだが、断られてしまった。

「そうですか。じゃあせめて、駅まで一緒に」

「寄るところがあるんだ、少し回り道をするから。ごめんな」

「わかりました。それじゃあ、また明日——」

さり気なく肩に触れようとした組木の手を、森吉もさり気なく躱《かわ》した。

「……」

「ああ、また明日な」

森吉は微《かす》かな笑みを残して、去っていく。

「……」

これで五日目だ。

(気のせいじゃないな。ここのところ、やっぱり森吉さんがよそよそしい)

前回森吉が組木の家に来た時は、短い時間とはいえ、充分恋人らしい時間を過ごした。なのに先週の木曜日からこの月曜に至るまで、ランチも終業後の寄り道も断られ続けている。森吉は何せやたら人脈と人徳のある人なので、先約で埋まっていることは珍しくないが、それでもどうにか組木との時間を捻出《ねんしゅつ》してくれようとしていた。少なくとも、これまでは。

今日はその気配すらない。いつもなら、「誰それと何の予定が入っている」「けど、少しだけでも組木と一緒にいたい」と、はっきり言葉や態度で表してくれた。約束の相手が組木と面識のない相手であっても、大学の同期たち、サークルの先輩、高校時代の部活仲間、仕事絡みのフォーラムで知り合った人と、どういう繋がりなのかはちゃんと説明してくれていたのに、それもなくなってしまった。

そのうえ、ささやかな接触すら、先刻のように避けられてしまう。まるで組木には、指一本触れてほしくないというように。

組木の経験上、恋人がそんな態度になる時、理由はいつだってひとつだ。

（……浮気）

一番最悪だった前彼、笹尾《ささお》の時が最も顕著《けんちょ》だった。頻繁《ひんぱん》に組木との約束を破るようになり、一緒にいてもソワソワと携帯電話ばかり弄《いじ》って、うわの空。誰と会っていたのか訊ねても不自然に話を逸《そ》らし、問い詰めれば苛立ったように「しつこいな」「うるさいな」と逃げる。

初めて同性の恋人が出来た時もそうだ。組木は本気だったが向こうは遊びで、しょっちゅう別の相手と会っていた。相手は隠そうとしていたが、はぐらかし続ける態度でさすがに組木だって気づいた。

森吉のよそよそしさは、そういう彼らの態度とよく似ている。

(でも――森吉さんは、絶対にそんなことをしない)

その信頼はあった。これまで何度も恋人に裏切られてきたのに信じるのは愚《おろ》かなのかもしれないが、やはり森吉が自分を騙《だま》すようなことをするとは、どうしても思えない。たとえ心変わりをしても、必ず正直に組木に伝えて、きちんと関係を清算してくれるだろう。

(……胃が痛くなってきた)

想像だけで滅入《めい》りそうになるが、組木はどうにか気を取り直し、自分も会社を後にする。

(俺に隠すような相手と会ってる……というわけじゃなければ、じゃあ、森吉さんは一体どうしたっていうんだ?)

万事《ばんじ》においてそつがなく、突発的な出来事にも冷静に対処する森吉だ。何かトラブルが発生して、組木には言えないほどややこしい事態に陥《おちい》っている――ということも、あまり考えられない。

仕事関連のトラブルであれば森吉が組木に隠す必要はないし、同じ部署で働いているのだから森吉が黙っていても組木の耳には入るだろう。

組木が与《あずか》り知らない人間関係のトラブルに時間を取られている場合、概要だけでも伝えてくれるはずだ。

とすると、森吉のよそよそしさの理由は間違いなく自分の存在にあると組木には断言できるのだが、ぱっと思い当たることがない。喧嘩どころか、言い争いひとつした覚えがないのだ。

何かこちらに落ち度があっただろうか、気づかず森吉を傷つけるような発言をしただろうかと、一人寂しく自宅に戻る道々、考える。

が、やはりこれといって浮かばない。

別々の人間同士が付き合っているのだから、当然些細《ささい》なことで嚙み合わない時くらいあるだろう。組木の作った料理が口に合わなかったとか、組木のバスルームに置いてあるシャンプーの匂いが好みじゃないとか、組木の掃除の仕方が気に喰わないとか——セックスの相性が悪いとか。

(……それも、ないか……？)

森吉が不満を抱いている様子はなかった。元々は異性愛者だから、同性との行為を想像したこともないと言っていたが、今では組木に抱かれることについて、抵抗はなさそうだ。

組木はできるだけ一方的にならないよう気をつけていたし、森吉も好きなように組木に触れている。

おそらく森吉の方も、常に組木を気遣い、積極的に、意図的に、「気持ちいい」と態度や言葉で表してくれているのだ。

（最初から、そうだったな）

思い出して、組木はふと小さく笑みを零《こぼ》した。

初めて二人で飲みに行った日、組木が自分の性的指向を打ち明けた時、森吉は全力で「組木を傷つけてはいけない」と思考をフル回転させ、「普通に」接しようとしてくれた。

（まさか自分が恋愛対象になってるなんて、やっぱり微塵《みじん》も思ってなかっただろうけど）

そこにつけ込んで、お試しのつき合いに持ち込んだことを、組木は本当のところずっと後ろめたく思っている。

形振《なりふ》り構わないにもほどがあった。すべてにおいてスマートな森吉に対し、何と無様《ぶざま》なのだろうとも感じていた。

そういう組木の内心に、きっと森吉は気づいている。

だから組木が負い目を持たないようにと、「俺も組木が好きだ」ということを余さず表現してくれているのだろう。

（あの人の、そういうところが、好きなんだ）

改めて組木は思う。森吉は優しい。

その優しさが万人《ばんにん》に向けられていた頃は、毎日毎秒、胃が痛む思いではあったが。

しかし今では、森吉は相当組木を優遇してくれている。組木のためだけではなく、自分だって組木が好きだから一緒にいたいのだと言って。

そこまでしてくれる森吉だ、先週半ばからの自分の態度が組木を不安にさせていることくらい、わからないはずがない。

だとしたら、それに気づかないほどのものめごとでも起きているのか――あるいは、こちらに優しくできないほどのことを、組木がしてしまったのか。

(……結局、わからないな)

帰宅してからも、夕食を食べる気は起きず、ろくろく眠れないまま考えたが、これという原因を突き止められなかった。

自分の側に落ち度があるなら、しっかりと把握してから謝罪して改善法を提案するのが一番だと思っていたが、わからないまま放っておく方が悪いに決まっている。あとはもう、本人に訊くしかない。

(俺じゃなくて、森吉さんの気持ちの方に、問題があるんだったら……)

ベッドに入ってからも悶々《もんもん》と悩んでいた組木は、そう考えてぞっとした。

が、すぐにそんな考えを振り払った。

(少なくとも浮気も心変わりも、あり得ない)

森吉と恋人同士になってから、彼が決して自分を裏切ることはないと信じていたのに、それまで繰り返された他の人からの裏切りのせいで、組木にはどうしても「もしかしたら」と考えてしまう瞬間があった。

森吉に裏切られたら、自分はきっともう、二度と立ち直れないだろう。

誰のことも信じられず、一生一人で生きていくしかなくなるのだろう。

そう悲観的になることは止められなかったが、しかし、長続きはしなかった。つい今し方のように。

（だって、森吉さんだしなあ）

あの人は、何というか、「普通ならそうだろう」という埒《らち》の外にいる。

森吉は浮気などしないという信頼も勿論あるのだが、そことは別の部分で、「あの人がそんな普通の人のようなことをするはずがない」という、別方面の確信が、組木にはあった。

浮気はしない。しても別れる気がなければ隠しきる。心変わりをしたなら隠さず口に出す。

他の人には難しいことでも、きっと森吉はやってのけるだろう。

だからそれ以外の部分、平凡な組木には思いも付かない斜め上の理由で、森吉は組木を避けているのだ。

（よし。明日聞き出そう）

長い時間煩悶《はんもん》していたが、「そういえばあの人は森吉さんだった」と思い出した途端、組木は我に返って冷静になった。

（たとえ森吉さんが、常人《じょうじん》には計り知れないポンコツな理由で俺を避けていたとしても、絶対に怒ったりはしないぞ）

そう決意したら、組木は急に眠たくなってきて、きっと眠れないと思っていた夜を乗り越えられた。

◇◇◇

公園のベンチでひとり弁当箱を開きながら、森吉は深々と溜息を吐いた。

遅めの昼休みを一人で取った。組木が自分に声をかけたがっているのはわかっていたが、ちょうど急ぎの書類をまとめなければいけないのを幸いと、気づかないふりをしてしまった。

(さすがに、怪しんでるよなあ)

今週は金曜の今日まで、組木からのすべての誘いを断り続け、森吉からも組木に声をかけていない。

(でも、つい組木の家になんて寄ってしまったら、絶対服を脱ぐ状況になるだろ……)

着衣のまま行為に及べば、このだらしない体を見られずにすむのでは——という考えは、何度浮かんでもすぐに振り払った。もし組木が森吉の服を脱がせたいと言ったり、その様子を見せたら、拒《こば》める自信がまるでない。

何しろ組木とのセックスは大変気持ちよく、体も心も満たされるので、流されるに決まっている。

「そういう自分への甘さが、この怠惰《たいだ》を招いたのだ……」

ゆで卵を箸《はし》で摘《つ》まみながら、自分を戒《いまし》めるように森吉は呟く。

当分は社食も外食もやめようと、最近は毎日手作り弁当だ。社食はバランスの取れた献立《こんだて》もあるが、今は糖質制限中なので、主食を取りたくない。残すのは作ってくれた人に申し訳ないから、会社から少し離れた公園で、こそこそと小振りの弁当箱を開く日々だった。

献立は、鶏のささみにゆで卵にブロッコリー。すべて塩ゆでしただけのものだが、どれも好きな食材だったので、不満はない。飽きないように、煮豆や野菜やチーズなども日替わりで足している。これで案外腹一杯にはなるものだ。

というよりも、あまり食欲がわかなかった。組木といれば際限なく飲み食いしてしまうのに、一人の食事がこんなにつまらないものだとは知らなかった。肉にも卵にもちゃんと味付けはしてあっても、味気ないと感じるのは、要するに気持ちの問題だ。

(あれか、俺はもしかして、糖質じゃなくて組木を制限した方が痩《や》せるんじゃないのか?)

うまいことを思いついた、とばかりに森吉は一人で笑ってみたが、すぐに虚《むな》しくなり、また溜息を吐いた。

先週の木曜にはスポーツジムに入会した。やるなら徹底的にパーソナルトレーナーと契約して通い詰めたいところだったが、生憎《あいにく》時間帯で折り合いが付かず、いまのところ筋トレも食事も独学だ。これ以上自分を甘やかしてはならないと、入門書や専門書を買い込んで勉強した。

起き抜けとジムに行く前、トレーニングの最中にもＢＣＡＡの補給。トレーニングがすんだらプロテイン、これは夕食代わりにもする。糖質は一日八十グラム以下で抑え、ビタミンをサプリメントで採《と》る。無闇に有酸素運動はせず、とにかく筋肉量を増やす。

まだ一週間で、何の効果が出ている気もしない。

筋トレは毎日やっても効果が薄いらしく、一日置きに通うことにしたので、本当はジムに行かない日は組木とコーヒーくらいなら……と思っていたのだが、無理だった。

凄《すさ》まじい筋肉痛に襲われていたのだ。

厳しく自分を追い詰めなければとても小旅行までに間に合わないとは思ったが、最初から飛ばしすぎて息切れしても無意味だしと、初日は軽い負荷、軽い回数で慣らし運転程度にジムでマシーンを使った。

なのに、トレーニングを終えて家に帰り着く頃にはすでに体のあちこちが痛み、しっかり風呂に入ってマッサージもしたというのに、翌朝自力でベッドから下りることにすら苦労するくらいの、壮絶な筋肉痛になっていた。

いっそ会社など休んでしまいたいほどだったが、そういうわけにもいかず、痛みを堪《こら》え、動きがぎこちなくならないよう細心の注意を払って、長い一日を過ごした。

月曜日も痛みは続き、だから組木の誘いを受けられなかった。筋肉痛の理由を知られるわけにはいかない。家に帰って大人しくプロテインを飲んで寝た。

水曜日もまたジム通い。木曜日は学生時代の友人の相談に乗る約束をしていたが、飲酒も飲食も避けたかったので、自宅からビデオ通話にしてもらった。組木には、友人と用事があるのになぜ帰宅するのかの説明が思いつけず、曖昧《あいまい》に誤魔化《ごまか》してしまった。

誤魔化せていたとも、あまり思えないが。

(とにかく今週、いや来週いっぱいまで乗り切れば、ひとまず『自分を戒《いまし》めるための努力をしている』という体裁《ていさい》は整う)

さすがに来月の小旅行まで組木を避け続けるわけにもいかないので、森吉は自分の努力を相手に認めてもらう方へ舵《かじ》を切った。

とはいえ、たかだか二、三回ジムに通い、短期間食事に気をつけた程度で、偉そうな顔はできない。せめて三キロ、無理なら二キロでいいので体重が減ってくれたら、「実はちょっと太っちゃったから、調整して戻したんだよな」とさらりと告白できる。

(それなら組木も、俺がポンコツだと幻滅《げんめつ》はしないだろう)

以前組木に言われたポンコツという表現が、まったく自分にはぴったりだと森吉は思う。

組木はポンコツでも森吉が好きだと言ってくれていたが、そこに甘んじるわけにはいかない。ポンコツはポンコツなりに、向上心のあるポンコツであらねばと思う。

(――よし、今日も夜はジム。土曜日はまた友達と会うけど、時間ずらしてランチじゃなくて、四時くらいにお茶だけにしてもらって……夜は、ちょっと時間があるな……?)

糖質制限を続ける間、週に一度くらいはカロリーを気にせず食べるチートデーがあってもいいと物の本には書いてある。だったら組木の家で、一緒に夕食を取っても許されるのでは——と考えてから、森吉は慌てて首を振った。だからそこで自分を甘やかすからいけないのだ。

（あくまでストイックに。組木を見習って）

自分はあの完璧な男の恋人なのだ。横に並んで恥ずかしくないようにしたい。

森吉は改めて自分に活を入れて、弁当を平らげた。

3

「森吉《もりよし》さん、今日も、用事ですか？」

仕事を終えたらすみやかに会社を出ようと決めていたが、やはり組木《くみき》に声をかけられてしまった。

「ああ、ここのところまた忙しくて悪いな」

森吉は小声で組木に答えた。社内では、組木との関係は秘密のままだ。親しくなったことくらいは知られても構わないが、便乗して組木と飲みたがる社員が出ても嫌なので、やり取りはいつもひそやかなものになる。

「その用事、どうしても俺より優先しなくちゃいけない感じですか」

組木も小声で、森吉の方へ身を寄せて訊ねてくる。森吉は思わず近づかれた分、体を引いた。

組木不足だったので、ついふらふらと相手の方へ寄り添いたくなってしまい、慌てたせいで動きがあからさまになってしまった。

「……」

さすがに組木の眉間《みけん》に皺《しわ》が寄っている。

（しまった）

以前にもこんなことがあった。組木を好きだと自覚した後、組木との情事を想像して勝手に舞い上がって組木を避けてしまった。組木は森吉が自分を玩《もてあそ》んでいると誤解して、言い争いになって――。

「――今日、うちに来てください」

組木はあの時と同じ顔をしている。思い詰めた怖い顔。

真剣な、悩ましい表情に、森吉は胸が痛くなった。また誤解されて傷つけたのではという後悔と、そんな表情になるほど自分を好きでいるのだと伝わってくる喜びと。

(組木を嫌な気分にさせて、喜んでいる場合じゃない)

だがすぐに我に返り、森吉は観念した。

「わかった……」

ジムは諦めるしかない。弛《たる》んだままの体では組木に幻滅《げんめつ》されるだろうが、今この状態で組木の誘いを断れば、幻滅どころか即別れ話に発展しそうだ。

組木は頷いた森吉に安堵する素振《そぶ》りもみせず、真顔のまま歩き出した。森吉も、とぼとぼとそれについていく。

(間に合わなかった……)

大して代わり映《ば》えしない体のまま、組木の家に行かねばならない。それともまだ誤魔化《ごまか》しは効くだろうか。あと一週間時間をくれと頼み込んで、丸くなった姿をまじまじ見られるような事態くらいは避けられるだろうか。

そんなことを鬱々《うつうつ》と考え、森吉は黙りこくったまま組木の隣を歩く。組木も何も言わず、独り住まいのマンションへと移動する。

電車で最寄り駅に着いてから、組木がいつも立ち寄るコンビニエンスストアを指さした。

「何か、買っていきますか。家に何もないので」

「いや……組木が食べたいなら、寄るか?」

夜はプロテインですませたいという以上に、森吉はまったく食欲を感じなかった。断頭台《だんとうだい》に連れて行かれる気分なのだ。

「——わかりました。じゃあ、真《ま》っ直《す》ぐ帰りましょう」

組木はコンビニに寄らず歩き出した。

マンションに着いてからも、森吉は自分から罪状《ざいじょう》を打ち明ける気になれずに口を噤《つぐ》んだままでいる。

組木がコーヒーを淹《い》れてくれたので、勧められたソファに座り、カップを受け取った。

組木も森吉の隣に腰を下ろす。

「……それで」

二人してしばらく無言でコーヒーを啜《すす》ってから、組木の方が切り出した。

「どうして俺が無理にここに呼んだか、さすがに森吉さんもわかってると思うんですが」

「ああ……」

きたか、と思って森吉は小さく溜息を吐いた。

「最近、何の用事で、そんなに忙しくしてるんですか……って、何だか滅茶苦茶《めちゃくちゃ》束縛きつい男みたいな言い方になるなあ……」

訊ねた組木の方まで、深々とした溜息を漏らしている。

「先に言いますけど、浮気は疑ってません」

「えっ」

組木にそう断言されてから、森吉は血の気が引く思いがした。

「あっ、そ、そうか」

前回は思わせぶりな態度を取っていると誤解されたが、今回はもうつき合っているのだ、森吉が組木を玩ぶ理由がない。だとしたら、真っ先に出てくる疑念は、何より組木を傷つける『浮気』に決まっている。

森吉は、土下座したい気分になった。

「悪い、違うんだ。全然そういうことじゃない」

「――わかってます。森吉さんですからね」

組木がまた溜息を吐くので、森吉はひどく情けなくなる。言葉にはっきり出されていないが、前回同様「おまえはポンコツだからな」と言われた気がしたのだ。

実際、そう言われたのだろう。

「……七キロ」

深く項垂《うなだ》れ、森吉は絞《しぼ》り出すように告げた。

「え？」

「七キロだ。春の健康診断から、七キロ太った」

「……？」

そっと上目で見遣ると、組木は意味がわからないという顔で、森吉を見ている。

「誰がです？」

「俺が」

「まさか」

そう、まさかだ。普通に生きている人間が、一年足らずで七キロも太れるなんて、ストイックな組木に信じられるはずがない。

森吉は再び項垂《うなだ》れ、固く目を閉じた。

「本当なんだ。だからジム通いをして、食事制限をしていて、組木と一緒にいられなかった。呆れてくれ」

「――」

組木は無言でいる。森吉はもう一度、おそるおそる組木を見た。

組木はきつく眉を顰《ひそ》め、しきりに首を捻《ひね》って、森吉を見ていた。あまりまじまじ見ないでほしかった。

「いや、でもやっぱり、そんなわけはないですよ」

「きちんと自己抑制できている組木には信じられないんだろうけど」

「俺がどうこうというより……森吉さん、そもそも春の健康診断で、体重がいくつでした？」

「五十四・二キロだな」

「身長は俺と大して変わりませんよね、俺は百七十八ちょっとですけど」

「俺の方が二センチ低いな」

森吉は百七十六センチ、平均身長は上回るが、特別高いということはない。

答えを聞いて、組木が深く、重々しい仕種で頷いた。

「労務の仕事をしているんだからご存じと思いますが、二十代後半の男性で百七十六センチ身長があるなら、五十四キロというのはかなり痩せている方ですよね」

「それはそうだろうけど、学生時代につけた筋肉が落ちれば体重も減るし、なのに七キロ太ったっていうのは」

「ちなみに俺は、七十キロ前後です」

「えっ、そんなにあるか？」

驚いて、森吉は組木の体を見下ろした。組木は筋肉質だがすっきりした体型だから、あっても六十台半《なか》ばくらいだろうと、朧気《おぼろげ》に判断していた気がする。

「中学からずっとガチ目にバドミントンやってて、見た目より多分筋肉があるので」

「へえ、バドミントンか」

「インカレ出る程度には真面目に励《はげ》んでました」

「すごいな！」

組木は中途採用だからか賞罰欄《しょうばつらん》でも自己ＰＲ欄でも学生時代の部活動のことは触れていなかった。直接話が聞けて、そういう場合でもないが森吉は嬉しくなる。

「今は全然ラケットも握ってませんけど、体は保ちたいからジム通いをしていて」

「そうか、だから、そんなにいい体してるんだな」

服の上からでも組木の体に触れたくなる衝動を、森吉は何とか堪《こら》えた。さすがにそういう場合ではなさすぎる。

「百七十センチ後半なら、筋肉を差し引いても俺くらいあって普通なんですよ。俺だってどちらかといえばウェイト足りずに苦労して、頑張ってこれなんです」

組木は遠慮せず森吉の腕に触れてきた。とはいえ少しも官能的なところのない、まるで部活の先輩が後輩の体の出来をたしかめるような仕種で、筋肉の在処《ありか》を探っている感じだったが。

「森吉さんも、テニスをやっていたって言ってましたよね。ちゃんと筋肉がある」

「俺はインハイとかインカレとか、全然縁がないような活動ぶりだったけどな」

「それでもまったくスポーツの経験がない人に比べたら、充分です。――なのに五十キロ台って、相当痩せてるんですよ」

「でも……七キロ太ったんだぞ……？」

元の体重がどうあれ、短期間に七キロも増えたというのは、怠惰《たいだ》の証明でしかあり得ない。

森吉はそう思うのに、組木はまた眉根を寄せた。

「多分、何かの間違いだと思います。俺は今世界で一番、森吉さんの体に詳しい男ですけど」

「……まあ、そうだよな」

何度も触れられ、密着して、抱えられることもあり、たしかに組木が誰より森吉の体を知っているだろう。これまで組木としてきたさまざまな行為を思い出して、森吉はつい照れてしまった。

「たしかにほんの少しくらいは、触り心地が変わってきたなとは思いますが」

「ほら、やっぱり……」

「ガリガリでちょっと骨が当たって『結構痛いな』くらいだったのが、『多少痛いな』になった程度ですよ」

「あっ、ちょっ」

森吉の腕に触れていた組木の両手が、そのまますると下がって、今度は腰を摑んでくる。

「こ、腰は駄目だ、いろんな意味で駄目だ！」

「ここもほら、相変わらずこんなに骨張って。正直最初は心配でした、潰《つぶ》したらどうしようって」

「その触り方、駄目だって……！」

腰骨の形をたしかめるように、組木が森吉のスラックスの中に指を差し込み、シャツ越しに触れている。森吉はぞくぞくと身を震わせてしまった。

「感度も良すぎるし」

「にっ、肉がぷよぷよとしているから、面白がってるんだろ？」

「どこに肉が……？」

「……ッ……ぁ……」

組木の指が腰骨から足のつけ根に移動して、森吉はたまらずソファの背に体を預けた。真っ直ぐ座っていられなかった。

「ベルトしてるのに、こんなにすんなり手が入るのも、変ですよ。ベルトの穴を変えたわけでもないでしょう？」

「そう……だけど……」

「ちょっと、ちゃんと見てみますね」

「え……」

組木は器用に片手で森吉のベルトを外し、スラックスを引き下ろそうとしている。森吉は反射的に、スラックスを押さえてそれを阻《はば》んだ。

「駄目だ、みっともない……」

「そんなはずがないので、たしかめてみるんです。手を退《ど》かしてください」

「……うう……」

冷静な声音で言われると、恥ずかしがっている自分がさらに恥ずかしい気がしてきて、森吉は諦めて手を離した。目を閉じてされるに任せる。

組木は丁寧な仕種で森吉のスラックスを脱がせ、当然のように、下着にも手を掛けた。

「腰、浮かせて」

「……」

ここまできたら、抵抗する方が無様《ぶざま》だ。森吉は大人しく腰を浮かせた。組木が森吉の下着も下ろし、脚から引き抜く。

上着も脱がされ、ネクタイも外され、ボタンまで外されて、もう森吉は俎上《そじょう》の魚の気分だ。

目を閉じていても、組木にじっと体を隅から隅まで眺められている——気がしてくる。

(何でそれで反応するんだ、俺の体は……)

触れられてもいないのに、軽く開かされた脚の間にあるものは熱を持って膨《ふく》らみかけ、なぜか全身の肌が緊張して、胸の先に痺《しび》れを感じる。乳首が硬くなってくるのがわかり、森吉は堪《こら》えきれない恥ずかしさに吐息を漏らした。

「――やっぱり、全然、七キロも増えた感じはしませんよ？」

「……ッ」

つと、組木の指先が触れるか触れないかの動きでまた腰骨をなぞる。わざとだ、と思って森吉は恨めしくなった。

「……組木、おまえ……怒ってる？」

動きに少し意地の悪さを感じた。面白がっているようにも思えたが、それよりも、仕返しをされている気がしたのだ。

「怒ってまではいませんけど。……そんなことでこの一週間、森吉さんに袖《そで》にされてきたのかと思うと、多少は意趣返《いしゅがえ》しをしたところで責められるいわれはないのでは？　と考えはしますね」

「……ごめん」

組木は怒っているし、呆れているし、それにやっぱり傷ついてもいるらしいと、その口振りで森吉は察した。

「でもわかってくれ、組木に嫌われたら嫌だから、俺も思い詰めてたんだよ。多分体重増加は、今世界で一番俺の体に詳しい組木には悟《さと》られているだろうし。そのまま怠惰に太り続けたらきっと見捨てられるだろうから、せめて小旅行の時までに何かしらの成果を出そうと」

「森吉さん、ちょっと止まって」

切々と心情を打ち明けていた森吉は、組木に遮《さえぎ》られ、ようやく瞼《まぶた》を開いた。

組木はひどく渋い顔をしている。

「体重の増加が実際どうかは置いておいて、俺がそんなことくらいで森吉さんを見捨てると思ったんですか?」

「うん」

「――」

素直に頷くと、組木が隠しようもなく衝撃を受けたような、傷ついたような顔になったので、森吉は慌てた。

「だっておまえ、すごく情の深い男だろう?」

「……情の深い男だから、一度好きになった相手を、たかが七キロ太ったくらいで嫌いになりませんよ」

「でも……蒸し返すようで悪いけど、笹尾《ささお》君のことは」

その名前を出した途端、組木の表情が強張《こわば》ったので、森吉はすまないと思うと同時に「やっぱり」という気分も味わった。

「ほら、好きでつき合った相手なのに、今じゃ苦手なものになっちゃってるじゃないか」

「それは……俺にとって、浮気は本当にトラウマというか、地雷というかなので」

「俺はそれ、少しだけ違うと思うんだよ」

「え？」

「たしかに組木は、ご両親のこともあって、浮気自体が許せないんだろうけど……それが絶対に駄目だって知っていながら相手がそういう行為をしたっていうことも、受け入れられないポイントになるんだろうなって」

組木が、森吉の言葉を吟味《ぎんみ》するように黙り込む。

「なぜそれをしたか、っていう理由が大事なんだろうと思ったんだ。笹尾君が浮気したことより、浮気が二人の関係を壊すと知りながら三股をかけた笹尾君が許せないんだろうなって」

前になぜか笹尾からも相談を受ける立場になり、彼からも話を聞いていて、森吉は何となくそう感じていた。

笹尾から見れば、組木は浮気をしても何だかんだ自分を許してくれると思える相手だった。実際、浮気以外の行き違いであれば、組木は恋人が過《あやま》ちを犯しても簡単に見捨てるような男ではないと、森吉も思う。

たとえば喧嘩が昂《こう》じて組木を殴ったり酷《ひど》い言葉で罵《ののし》ったとしても、「なぜそういうことをするのか」と冷静に話を聞き、行き違いがあれば謝り、謝られ、許すに違いない。

「浮気をすれば関係が終わるって、組木の方は真剣に考えて伝えてたのに、いわば蔑《ないがし》ろにされたことに嫌気が差したんじゃないか。笹尾君が自分ほど自分を愛してはいない、簡単に他の男と寝れることも、簡単に自分との約束を破ることも、その証拠だ、って……」

「……」

組木は口を噤んだままだ。森吉に言われたことを、じっと考えているふうに見える。

「組木の中には、これは駄目、これは大丈夫っていう明確なラインがあって、そのラインを踏み越えると一発アウトなんだ。で、多分組木は俺が七キロ太っても見捨てはしないだろうけど、俺が怠惰なまま増長《ぞうちょう》したら、捨てると思う」

「そんなことはないです」

今度は即座に返答があった。組木はいかにも心外だという顔をしている。

「大体森吉さんは、怠惰でも増長したりもしないし」

「ほら。組木が『そんなことない』って断言できるのは、俺が怠惰じゃないっていう前提があるからだろ。俺は自分のそういう部分を組木に気に入ってもらえたという自覚がある、おまえは、何だかずいぶん俺に夢を見てるし。だから俺は組木に愛され続けるためには、怠惰ではないということを示さなければならないんだ」

「……それは……俺、ものすごく面倒臭い男じゃないですか……?」

「そうかな。俺は組木にずっと好きでいてもらいたいから、その努力は惜しまないし、それを面倒だとは思わないぞ?」

なぜ組木が落ち込むような様子になったのかわからず、森吉は思ったままを口にする。

「俺は『ポンコツ』だから、素の状態でいればあっという間に呆れて見放される。それが怖くて、こそこそとジム通いとか糖質制限をして組木を不安にさせたのは、本当に申し訳なかった。

まあ、これが俺の、ポンコツたる由縁《ゆえん》なんだろうなあ……」

結局、元凶はどう足掻《あが》いても自分だ。組木の許せないものについて、本人に言うことでもないと思ったのに言う状況にしてしまったのも自分のせいだ。うまくできなかったことを悔やみつつ頭を下げた森吉は、その頭を抱えるように組木に抱き締められ、少し驚いた。

「……許してくれるか？」

組木が、肩が上下するほど大きな溜息をついている。

「許すも何も。俺は俺の至らなさと、森吉さんが好きだって気分を、無闇に思い知らされただけですよ」

ポンコツはどっちだよ、馬鹿だな——と組木が小声で呟いたようだったが、よく聞こえなかったので、森吉はとりあえず首を横に振った。

「至らないのは俺だ。待っててくれ、旅行の時までには以前の体型に戻ってみせる」

「必要ないと思うんですけどね、本当に」

そう言って、組木が森吉から少し体を離した。視線は森吉の体に遠慮なく向けられ、森吉は自分の格好に改めて思い至ってしまった。

「……服、そろそろ着ていいか？」

「どうして？」

「どうしてって、もう見るとこ見ただろうし……」

「いやいや。森吉さんは七キロって言い張るし、俺は納得いかないし。もう少し調べてみましょう」

「……じゃあ、鋭意努力中だっていうところを差し引いて、検分してくれ……」

「なら、もっとじっくり過ごせる場所に」

組木が言い終わらないうち、森吉は体が浮く感覚がして驚いた。組木に軽々横抱きに抱え上げられている。

「やっぱりちょっと軽すぎて心配になるレベルだけどな」

「組木が力持ちなだけだ――」

反論を、キスで塞《ふさ》がれた。森吉はキスに応《こた》えながら、相手の首に両腕を回す。

リビングのソファから、寝室のベッドへと危なげなく運ばれた。そっとベッドの上に下ろされ、森吉は明かりのつけられた部屋でじっくりあちこち眺められないようにするため、組木を自分の方へと引き寄せた。

ベッドに横たわる森吉の上に、組木が覆い被さる格好になる。自分ばかりがシャツ一枚にされているのが不公平だと思い、すぐに組木の上着を脱がせる。組木が少しもどかしそうな手つきで自分のネクタイを外し、また森吉と唇を合わせながら服を脱いでいる。

「今日は時間……大丈夫ですか、強引に連れてきちゃったけど」

「ジム以外、予定はない。明日も、夕方までは……、……ん」

お互い舌を差し出し、擦《こす》り合わせる。キスの間に、組木も下着まで取り去っていて、素肌の脚を絡め合う。

「……やっぱり、いい体してるよな……」

森吉は組木の腕に触れてみた。引き締まっていて固い。固いが弾力があって、触れていると心地いい。

「俺も一時期やる気が失せて体造りをさぼって、ずいぶん鈍《なま》ってしまったんですけど」

――もしかしたら笹尾と別れた辺りの時期だろうか、と森吉は察したが、聞かないでおいた。

「森吉さんが忙しいから暇潰《ひまつぶ》しのためにっていうのも本当だけど、できるだけ森吉さんに格好いい男だと思ってほしくて、またちゃんとジムに通い直したところもあるので……」

「じゃあ、俺の気持ちは、多少わかるか？」

「絶対体重は増えてないと思うし、だとしてもまだまだ減量とかするレベルじゃないと思いますけどね？」

組木の掌が森吉の腹に触れる。組木に比べればないも同然であろう腹筋を撫でられ、くすぐったさに森吉は軽く身を竦《すく》めた。

「腹、丸くなってないか？」

「どこが？」

脇腹を摘まもうとした組木の指が滑った。

「皮も摘まめませんよ」

「うーん、でも、七キロ……」

「まあ数字は置いておいて。――森吉さんが、俺に愛されたいと真剣に考えてくれたところだけ、もらいます」

「ああ、それは、報《むく》われるなあ」

味気ない食事を取り続けた甲斐もあった。

「食事は、俺も気をつけますから、無茶な糖質制限とかしないでくださいね。一緒に食べましょう、逃げられ続けたら寂しいです」

「……うん――」

森吉は組木の頬を両手で挟み、目許《めもと》を撫でた。寂しがらせてしまったのを、心から申し訳ないと思う。

「そうだな。俺も一人で食べるのはつまらなかった」

組木が森吉を見返し目許を和《なご》ませる。その表情が愛《いと》しくて、森吉は組木の頭を引っ張り寄せて接吻《くちづ》けた。

覆い被さってくる体が温かく心地いい。なるほど筋肉量が多い分、体温も高くて気持ちいいのだなと、森吉は改めて実感した。単純に、好きな人と触れ合うのが嬉しいということかもしれないが――。

触れられなかった分を取り戻すかのように、あるいは触って体重増加をたしかめようとしているのか、組木が余すことなく森吉の体に触れてくる。最初は、どうしても恥ずかしさが消えなかったが、少しすればすぐに組木に触れられる悦《よろこ》びだけが森吉の意識を支配する。

「ん……、……ん……」

組木は森吉の腰や腹や背中に手を這わせつつ、下肢《かし》を押しつける動きを繰り返した。お互いもう、すっかり昂ぶって固くなった部分を擦り合わされる。触れるほどに熱が高まっていく。森吉の腰も無意識のうちに揺れて、組木に押しつけるような動きになった。

呼吸を乱しながら、夢中で組木を感じようとする。すぐに外側で触れるだけでは足りなくなって、もっと奥深いところで組木の存在を知りたくなった。

「組木……中、挿《い》れて……」

前回も、触れ合うだけで終わったのだ。ちゃんと繋がりたい。もう組木とそうすることを覚えている奥が疼《うず》いた。組木と出会うまで、そんなふうに使える場所だと考えたこともなかったのに。

「待って、ちゃんと、濡らしてから……」

窘《たしな》めるように言われて、森吉は微《かす》かに赤らんだ。一人だけ逸《はや》ってしまった気がする。我慢が利かない。

組木がベッドの脇に手を伸ばし、サイドボードにしまってあったローションのボトルとスキンの小袋を手に取った。

「ん、開かない」

スキンの封を切ろうとして、組木が指を滑らせているのを見て、森吉は自分ばかりの気が急《せ》いているわけではないと気付き笑みを漏らした。

「貸して」

組木の手から取り上げた小さなアルミの袋を、森吉は歯で噛み切って開ける。悠長《ゆうちょう》に待っていられない。その間に組木がローションを手に取っている。

「脚、開いてください」

「……ん」

森吉は大人しく、言われたとおり膝を曲げて軽く脚を開く。組木が自身にスキンを被せ、ローションを垂《た》らしている。その様子を、森吉はじっと見上げた。これから自分と繋がるための準備をしているのだ、なんていやらしい眺めだろうと思って、胸が高鳴る。もう何度も組木と寝たのに、この時の新鮮な緊張と期待はいつまでも消えない。

（組木のが、俺の中に、入るんだ）

ゆっくりと浅い呼吸を繰り返しながら、森吉は相手を迎え入れるために大きく膝を開いた。腰を持ち上げられ、森吉の尻の狭間にもローションが垂らされる。ひやりとした感触を堪えているうちに、組木の昂ぶりの先端がその場所に押しつけられた。

森吉の窄《すぼ》まりを探るように、組木の先端が行き来する。来る、と思って大きく息を吸い込む。

そのタイミングを見計らったかのように、組木の熱が森吉の中にずるりと押し入ってきた。

たっぷりとローションを垂らされたおかげで、軋《きし》むこともなく組木が森吉の内側に入り込む。

ただ圧迫感が強く、張り出した先端を飲み込みきるまでに、森吉はすっかり汗だくになった。

「やっぱり……脚も腹も、まだ細くて心配なくらいですけど……」

組木が森吉の腿《もも》の裏を撫でる。腰骨の方までぬめった掌《てのひら》で撫で上げられ、森吉はたまらず呻《うめ》き声を上げた。

「──たしかに俺は面倒臭い男だろうけど、森吉さんも変な思い込みで俺を避けたり、一人で頑張ろうとか、思わないでくださいね？」

「ん……うん……」

奥深くまで貫《つらぬ》かれながら言われた言葉を、森吉はどうにかきちんと受け止めようとして、頷いた。

「……で、も……やっぱり組木、並んでみっともないの、嫌だろ……」

「──俺は嫌じゃないし、そもそも森吉さんがみっともないとか思う要素がないですけど」

「俺が、嫌なんだ、組木はこんな、格好いい……のに……、──」

もうこれ以上は入らないと思ったのに、さらに奥深いところまで貫かれて、森吉は言葉をなくした。泣き声のような呼吸ばかりが漏れる。

「ぁッ、……あ、あぁ……ッ……」

「森吉さんが、何したって……どんなふうになったって、幻滅できるわけない……」

深いところで、少しずつ組木が動き出す。小刻みに擦られ、森吉はぎゅっと目を閉じた。いつもより苦しい。苦しいのに、そのもっと向こう側に、表現できないような快楽の塊《かたまり》がある――気がする。

「こんな、綺麗で――可愛いのに、どうやったら」

「……ッ、絶……、対、褒《ほ》めすぎ……ッ、組木は何でそんな、俺のこと、良い方にばっかり……、……ぁ……!」

上から覆い被さって押さえ込むようにしながら、組木がいつもより荒い動きで森吉の中を掻《か》き回す。もっと言いたいことがある気がするのに、森吉はもう何も考えられず、言葉も紡《つむ》げない。頭の両脇についている組木の腕を縋《すが》るように掴んで、勝手に漏れる泣き声を上げ続けることしかできなかった。

繋がったところがローションのせいでぬめって、熱く疼いて、融《と》けそうだ。組木が腰を打ちつけるたびにいやらしい音が響いてくらくらする。

体の奥から組木によって力ずくで引き出された快楽の塊が、頭の芯にまで登ってくる。

「……っ、も……いく、……ッ！」

森吉が音《ね》を上げるように漏らした声を聞いて、組木の動きが追い詰めるように激しくなる。

「……ッ……」

荒く揺さぶられながら、森吉は達した。勝手にペニスの先端から精液が溢れ出すような射精だった。自分の吐き出したもので自分の腹を汚す。何度も体を震わせる森吉の中で、組木の動きも止まった。

「……まだ……、……？」

組木は森吉の内側でまったく熱も固さも失わずに留まっている。

「もう、辛いですか？」

問われて、森吉はすぐに首を横に振った。照れ臭くて笑ってしまう。あんなに熱心に中を穿《うが》たれて、たくさん出したのに。

「……まだ。もうちょっと、いいだろ、足りない」

「……」

しかしすっかり息が上がっていて、すぐにまた動かれても辛い。それをどう伝えるか迷っているうち、腕を摑まれ、腰を支えられて、体を起こされた。

「……っと」

自分で自分の体を支える余力もなく、森吉は組木と繋がったまま相手の体にぐったり凭《もた》れた。

繋がった場所は、まだ融けそうにずくずくと脈打っている。

「森吉さん、この姿勢、好きでしょう？」

問われて森吉は組木に凭れつつ頷いた。

「共同作業、って感じがして」

正直な感想を述《の》べたら、組木に笑われてしまった。

「あ、でも、さっきみたいに組木からたくさんっていうのも、気持ちよかったけど……」

「――すみません。つい頭に血がのぼって、自分本位になってしまった」

反省しているらしい組木の背中を、森吉は抱き締めた。

「気持ちよかったって言ってるだろ。……次は俺が、動いていいか？」

「はい。ぜひ」

今度は組木が正直に頷くので、森吉が笑う番だった。

まだ達したばかりで動くのは少し辛かったが、森吉は組木を気持ちよくしたい一心で、わずかに腰を揺らした。

「……ん……」

組木は森吉に与えられる快楽を追おうとするように目を閉じた。目許に森吉は唇をつける。目を閉じたまま組木の指が伸びてきて、森吉の胸に触れる。実を言えば最初に服を脱がされた時からそこが物足りなくて、少し切なかったから、森吉は隠しようもなく身震いして甘い吐息を零してしまった。

その反応を組木が見逃すはずもなく、指の腹で、こりこりと乳首を捏《こ》ねられる。強弱を付けて、ねちっこいやり方で。

「あ……、ん……」

最初は組木に感じてほしかっただけなのに、次第に森吉の体もまた昂ぶってきて、腰の動きが止まらなくなる。

それでも性器は萎《な》えたままで、気づいた組木にやんわりそこを摑まれた。

やわやわと擦られるうちに、森吉のペニスはわずかに力を取り戻した。

(際限ない……)

しばらく組木と触れ合わなかったせいで、この有様だ。組木制限なんて無駄なあがきだった。

組木と離れていた時間を取り戻すために、森吉は熱のこもった動きになりながら、組木の昂ぶりを孕《はら》んだ体を揺らす。

「……気持ちいいです、森吉さん……」

艶っぽい声で組木に告げられ、森吉もますます興奮した。衝動に任せて、組木の唇を奪う。

深く舌を絡め合いながら、組木の上で夢中になって腰を動かす。

「ん……っ、……ぅ……」

そのまま組木が自分の中で達するまで、森吉は繋がり触れ合う感触と快楽と相手への愛しさだけに心を奪われ、何も考えられないまま腰を揺らし、自分もまたささやかに白濁《はくだく》したものを

吐き出した。

◇◇◇

「それじゃあ、行ってくるから」

靴を履《は》くと、小さめの旅行鞄《かばん》を肩に担《かつ》いで立ち上がり、森吉は家の中に声をかけた。

「待って待って」

ぱたぱたと廊下を走る音がして、妹が玄関までやってくる。

「飴《あめ》、飴。せっかく慧《けい》ちゃんと組木さんのために買ってきたんだから、持っていってよ」

「ああ、ごめんごめん」

組木とちょっとした旅行に行くと弟妹《ていまい》に告げておいたら、出発の朝になって妹のおすすめだという飴の大袋を渡されたのだった。テーブルに忘れてしまったのを、少し膨れた顔で押しつけられる。

「車なんだから、酔わないようにちゃんと舐《な》めてよね」

「はいはい」

目的地へは父親の車を借りた組木の運転で行くことになった。ガソリン代や高速代のことを考えると電車の方が安かったかもしれないが、何となく、お互い、道中も二人きりを堪能《たんのう》したかったのだ。

「じゃ、今度こそ行ってきま……、痛《い》てっ」

玄関を出たところで何かを蹴飛《けと》ばしてしまい、がしゃっと派手な音がする。

「あ、それ、月曜日に粗大ごみの回収が来るの。忘れないように出してたんだ、脇に避《よ》けといて」

「……。唯依菜《ゆいな》、これ、捨てるのか?」

蹴飛ばしてしまったのは、体重計だ。前に七キロ増の記録を叩き出し、脱衣所の隅に森吉が追い遣《や》っておいたはずの。

「だってそれ、壊れてるでしょ。今どきアナログで体重しか測《はか》れない上に、五キロもずれてたの! 前に測って、私、夜中に悲鳴上げちゃったよ」

「……」

「だからこの間、体脂肪とか筋肉量とかも測れる体組成計《たいそせいけい》にしたの。慧ちゃんも使っていいよ」

「……ありがとう」

出かける直前に、何だかぐったりしてしまった。森吉は妹を心配させないよう精一杯笑顔を作り、手を振って、玄関を出た。

家の前の道に出たところで、末弟《まってい》の庸介《ようすけ》と行き合った。コンビニエンスストアの袋をぶら下げている。

「もう行くの」

「ああ、明日の夜には帰るから」

「ふーん」

素っ気なく頷きながら、庸介がコンビニのビニール袋を森吉に押しつけてきた。

「腹減ったら、行き帰りで食べたら」

中を覗くと、飴だのチョコだの眠気覚ましのガムだのが入っていた。唯依菜と同じ発想に、森吉は顔を綻《ほころ》ばせる。

「でも、一応まだ、甘いものは制限してるから、チョコは組木にあげていいか？」

「いいけど、制限って何で？」

不思議そうな庸介に、森吉の方も首を捻った。

「だって、丸くなったって言っただろ、この間風呂場のとこで」

体重計は壊れていたかもしれないが、五キロずれていたというのなら、二キロ増量したことに間違いはないのだろう。

あの時の庸介の言葉に追い打ちを掛けられたようなものなのだ。怠惰は自業自得だが。

「ああ。だって慧兄、元々ガリガリだっただろ」

「え？」

庸介は辺りを素早く見回すと、兄の方に頭を寄せた。

「あんまり痩せてると骨が当たって痛いって、俺もたまに言われるから、心配してたんだよ」

「……」

「誤差の範囲かもだけど、少しは人並みに近づいたなら、よかったと思って言っただけ。もうちょっと増やしてもいいだろ、組木さんて人に嫌がられる前に」

それだけ言うと、庸介は逃げるように家の中に入っていった。

「……。……」

森吉はその場で一人、数十秒ほど立ち尽くした後、ゆるく頭を振って、組木と待ち合わせた大通りの方へ歩き出す。

壊れていた体重計とか。

俺「も」たまに言われるなどと出がけにさりげなく惚気《のろけ》ていく弟の話だとか。

(行き道で話すことが増えたな)

笑いを堪えて大通りに辿《たど》り着き、すでに組木の乗ったセダンを見つけると、森吉は破顔《はがん》した。

楽しい旅行になりそうだった。

あとがき

AFTERWORD

―渡海奈穂―

外側から見たら完璧な男二人で、お似合いよねって思われそうなのに、内実は潔癖《けっぺき》とポンコツのちぐはぐな恋愛関係、というのが書いててとても楽しかったです。お互いがお互いをちゃんと理解しているような、肝心《かんじん》な部分で誤解しっぱなしのような、だからこそ成立する恋愛関係的なものをやりたかったんだと思います。

あと見てわかると思いますが森吉《もりよし》の弟も書いていて楽しかったです…本篇で触れる部分もなかったのではっきり書いてませんでしたが、書き下ろし分で匂わせた通り、庸介《ようすけ》にも彼氏がいます。森吉は弟の性的指向に全然気づいてなくて、自分が組木《くみき》とつき合うようになったおかげで、「あっ、そうか！」って察して納得しました。あっ、そうか、だから組木とのことを相談しやすかったんだなあ、っていう…。そしてあれで庸介も兄に夢を見ているので、彼氏からはブラコンブラコン言われて「あんなポンコツに対してブラコンなわけがあるか！」と喧嘩になっています。すべて森吉が悪い。

割と素直にハイスペックな攻を書くことはそうそうないんですが（たぶん私の萌えどころが

そこにないんだ…）、組木は非の打ち所のないハイスペック攻になりましたと思います。どうですか！　どうですか！

なのになぜか不憫《ふびん》感が漂うのは、やっぱりそういう攻の方が好みなんだろうなあ。組木は優しくて賢くて、そして偏屈《へんくつ》で男運がない。でもお互い手の内は見せ合ったので、今後は森吉とハッピーに生きていくと思います。何かもめごとが起きても、「森吉さんだから仕方ないな」と悟《さと》って、喧嘩が長引くことがない。森吉は森吉で、考察が得意なので、できるだけ組木には幸せでいてもらえるよう頑張るはずです。

内実を見ても、結局はすごくお似合いな二人だなと我ながら思います。

イラストを、雑誌掲載時に引き続き梨《なし》とりこさんに描いていただきました、ありがとうございます！　雑誌のコメントにも書きましたが、読んでいて「ハイスペック…とは…？」と不安になったら梨先生のイラストを見て心を鎮《しず》めてください。イラストパワーに感謝します。

ステイホームで森吉と組木はどうしてるかな、ということをつい考えてしまう昨今《さっこん》ですが、少しでもこの本が皆様の癒《いや》しなり活力の足しになりますと幸いです。なるかな…!?

それでは、また別の本でもお会いできることを祈りつつ。

この本を読んでのご意見、ご感想などをお寄せください。
渡海奈穂先生・梨とりこ先生へのはげましのおたよりもお待ちしております。

〒113-0024　東京都文京区西片2-19-18　新書館
[編集部へのご意見・ご感想] ディアプラス編集部「完璧な恋の話」係
[先生方へのおたより] ディアプラス編集部気付　〇〇先生

- 初出 -
完璧な恋の話：小説DEAR+19年アキ号（Vol.75）
きっとあなたのことだから：書き下ろし

[かんぺきなこいのはなし]

完璧な恋の話

著者：**渡海奈穂** わたるみ・なほ

初版発行：2020年7月25日

発行所：株式会社 新書館
[編集] 〒113-0024
東京都文京区西片2-19-18　電話（03）3811-2631
[営業] 〒174-0043
東京都板橋区坂下1-22-14　電話（03）5970-3840
[URL] https://www.shinshokan.co.jp/

印刷・製本：株式会社 光邦

ISBN978-4-403-52509-4 ©Naho WATARUMI 2020 Printed in Japan